CW01019842

YANVALOU POUR CHARLIE

DU MÊME AUTEUR

Depale, pwezi, en collaboration avec Richard Narcisse, éditions de l'Association des écrivains haïtiens, Port-au-Prince, 1979.

Les Fous de Saint-Antoine, roman, éditions Deschamps, Port-au-Prince, 1989.

Le Livre de Marie, roman, éditions Mémoire, Port-au-Prince, 1993.

La Petite Fille au regard d'île, poésie, éditions Mémoire, Port-au-Prince, 1994.

Zanj Nan Dlo, pwezi, éditions Mémoire, Port-au-Prince, 1994.

Les Dits du fou de l'île, éditions de l'Ile, 1997.

Rue des Pas-Perdus, Actes Sud, 1998 ; Babel n° 517, 2002.

Thérèse en mille morceaux, Actes Sud, 2000.

Les Enfants des héros, Actes Sud, 2002 ; Babel n° 824, 2007.

Bicentenaire, Actes Sud/Leméac, 2004 ; Babel n° 731, 2006 ; Hatier, 2008.

L'amour avant que j'oublie, Actes Sud/Leméac, 2007 ; Babel n° 969, 2009.

Haïti (photographies de Jane Evelyn Atwood), Actes Sud, 2008.

Lettres de loin en loin. Une correspondance haïtienne, avec Sophie Boutaud de la Combe, Actes Sud, 2008.

Ra Gagann, pwezi, Atelier Jeudi soir, 2008.

Eloge de la contemplation, poésie, Riveneuve, 2009.

Yanvalou pour Charlie, Actes Sud/Leméac, 2009 (prix Wepler 2009).

La Belle Amour humaine, Actes Sud/Leméac, 2011.

LYONEL TROUILLOT

YANVALOU POUR CHARLIE

roman

BABEL

à Sabine, Maïté, Manoa,
Anne-Gaëlle, Laetitia, Fabienne, Clémence,
à Enzo et Anna, partenaires d'enfance,
à Georgia et mes amis de l'Atelier Jeudi soir

Les gens, il conviendrait de ne les con-
naître que disponibles. A certaines
heures pâles de la nuit,
Près d'une machine à sous. Avec des pro-
blèmes d'homme, simplement
Des problèmes de mélancolie.

LÉO FERRÉ

DIEUTOR

*Ti Zandò, Ti Zandò, fèy nan bwa rele
mwen…
Ti Zandò, Ti Zandò, fèy nan bwa rele
mwen…*

Chant populaire haïtien

Je viens d'un tout petit village. Cela fait partie des choses que j'avais oubliées. Pour un homme qui a gagné longtemps sa vie au jour le jour et qui grimpe tranquillement les barreaux de l'échelle sociale, le souvenir est un luxe, pas une nécessité. Ma collègue Francine, au cabinet nous l'appelons la sainte, se livre, elle, à ces jeux de mémoire qui prennent la tête jusqu'à la perdre. Elle remonte loin dans son passé et redescend dans le présent le visage plein de larmes. Elle est la seule de notre équipe qui se fatigue à ce genre d'exercice. Elle est très engagée sur le front de la complainte. C'est une jeune femme triste qui pleure sur hier. Tout le contraire d'Elisabeth, mon autre collègue. Je ne crois pas Elisabeth capable de pleurer. Au besoin, elle sait faire semblant et parvient à tromper tout le monde. Dans la vie comme au tribunal, Elisabeth prend l'attitude qui défend au mieux ses intérêts. C'est une grande comédienne qui simule tout, même la beauté. Elle passe pour jolie, contrairement à Francine qui est pourtant une vraie belle femme, et le serait plus encore si ne traînaient sur son visage, comme une sorte de faire-valoir, les souffrances de sa grand-mère maternelle, de sa mère, de ses tantes, de toute sa famille proche et éloignée, des clients qui n'ont aucune chance de gagner leur procès même lorsqu'ils sont dans leur droit, des piétons renversés par les voitures de luxe… Francine est très sensible et se fait un devoir d'avoir mal à la place des autres. Son ambition est de diriger un jour une ONG. Les hommes la fuient, effrayés par la somme de malheurs qu'elle trimballe avec elle. Elisabeth a appris à jouer la beauté, comme elle a appris à jouer le désir pour obtenir ce qu'elle veut des hommes qui partagent son lit. Elisabeth, c'est un immense savoir-faire au service de ses intérêts. C'est pour cela que le chef l'apprécie tout en se méfiant d'elle. Le chef possède plusieurs maisons de résidence. Sa femme et lui ont choisi d'habiter la plus éloignée de la ville. Il est des pays où l'on construit des villes, des routes qui mènent vers les villes, et des banlieues. Ici, l'on construit des banlieues, et surtout pas de routes qui y mènent, jusqu'à ce que les banlieues, se prenant pour des villes, gonflent comme un ballon trop plein de monde, de mortier et d'ordures. Les premiers habitants quittent alors leur banlieue pour en construire une autre où personne, au moins pour quelque temps, ne viendra les déranger. Le chef et son épouse habitent loin de la vieille ville, dans les hauteurs, "plus près du ciel" comme dit la patronne. Ils louent les autres immeubles qu'ils possèdent à des étrangers. Ils vivent ainsi sur un sommet interdit aux piétons, et contraignent leurs connaissances à grimper jusqu'à eux. La patronne adore recevoir les gens qui lui ressemblent, et surtout qu'ils la complimentent sur l'éclatante beauté de son univers domestique. Sous l'avalanche des compliments, son sourire et son ton ne varient jamais, et comment ne pas applaudir à ses réponses, elles ont la candeur de gentilles phrases toutes faites qui attendaient depuis la veille l'occasion d'être prononcées : "Vos orchidées sont splendides." "Elles ont besoin de calme pour s'épanouir." "Quels beaux chiens !" "Ils sont grands pour leur âge." En matière de langage, elle est plutôt douée pour les banalités. Cela ne dérange pas le chef. Il ne la gronde des yeux que lorsqu'elle prétend jouer à l'historienne de l'art et mélange les styles, les époques et les genres ; ou lorsqu'elle met l'image de bourgeois libéraux et les intérêts du couple en danger en avouant à des inconnus sa grande peur des gens du peuple. Un jour elle est arrivée au cabinet au bord de la crise de nerfs. Elle venait exiger du chef qu'il obtienne des autorités la démolition d'une maisonnette en construction à mille mètres de leur résidence. "Ils ne vont quand même pas nous suivre jusque-là." Elles et Ils. La patronne classe les gens et les choses en catégories opposables et définitives. Elle présume que tous font comme elle et elle utilise abondamment la troisième personne du pluriel sans perdre son temps à préciser à quel groupe (fleurs, chiens, humains, peintres, ouvriers du bâtiment, rats des villes ou rats des champs…) ce pluriel peut faire référence. "Elles, Ils…" Le chef obéit et cautionne. Dans sa vie domestique il ne prend pas d'initiative, et dans sa vie professionnelle, hormis un nom connu de tous et une habileté relative dans le domaine de la communication, on ne lui connaît pas de mérite personnel. Il a hérité du cabinet et s'est contenté de l'extraire du centre-ville envahi par les marchands, les piétons et les chiens errants, pour l'installer dans un immeuble climatisé d'une nouvelle zone résidentielle, au sommet d'une colline. C'est un pays de montagnes et l'idéal commun est de monter vers les sommets. Pris entre hier et aujourd'hui, et toujours en mal d'équilibre, le chef a jugé judicieux de commander à un artisan une réplique d'un meuble ancien, "le bureau aux cinquante tiroirs", très recherché dans la première moitié du XXe siècle. Son père, dit la chronique, possédait un modèle de la série originale. Notre consultant, un vieux procédurier qui n'y voit plus et travaillait au cabinet du temps du père du chef, affirme qu'il s'agissait déjà d'un faux. Quand je suis entré au cabinet, le premier faux original avait depuis longtemps été jeté aux oubliettes avec un tas de vieux dossiers, et la copie placée en évidence dans la salle d'attente, sous la photo en noir et blanc du regretté père fondateur. Ce sont les premières choses que l'on voit en entrant dans la salle d'attente. Tout le reste fait neuf. Le décor est conçu pour nourrir l'impression d'un alliage efficace d'ancienneté et de modernité. Tous les riches n'ont pas le même âge, les mêmes goûts, il convient d'allier blason et clinquant, classique et moderne, un coup pour les vieux et un coup pour les jeunes. En contraste avec les meubles anciens : le "bureau aux cinquante tiroirs" et ce confrère octogénaire – une légende d'un autre temps qui ne vient que le vendredi et ne fréquente plus les dossiers –, les filles et moi faisons partie de la section modernité : "Ils sont jeunes mais brillants, j'ai toute confiance en eux", clame le chef en notre présence. Si le client n'est pas convaincu, il s'enferme ensuite avec lui et murmure pour le rassurer : "Je supervise personnellement l'évolution de votre affaire. Mes jeunes sont fougueux, mais, hélas, ils sont jeunes. Et maître Martial, notre consultant, a la sagesse et l'expérience." C'est un jeu de rôles comme un autre, une technique de vente qui apaise la clientèle, et ne blesse point notre orgueil. D'ici quelques années, ici ou ailleurs, nous serons appelés à faire pareil. Derrière la montagne, il y a d'autres montagnes, c'est ce que veut le proverbe, et tous les gens que je fréquente participent comme moi à cette culture de l'escalade. Qui rêve de plaine ? Même lorsqu'on en vient – je suis placé pour le savoir –, on préfère se battre pour tout regarder d'en haut, surtout les autres. J'ai compris cela de longue date et je surveille la concurrence. Elisabeth progresse vite dans sa montée et change souvent d'appartement, en briguant chaque fois plus haut. J'ai fait moi aussi beaucoup de chemin. A mon rythme et à ma façon. Je ne perds pas de procès, ce qui commence à se savoir. Les gens respectent les gagnants, vaincre est un capital social. Les fausses confidences du chef aux clients ne gênent que Francine. Ce n'est pas son orgueil qui s'en trouve affecté. Nous sommes meilleurs que le chef, il le sait, nous le savons, mais nous savons également tous quatre que, dans l'exercice d'une profession donnée, il convient que le salarié soit meilleur que l'héritier qui l'emploie. Francine se trompe souvent sur les autres et sur elle-même, toujours de bonne foi, et elle croit jusqu'à la naïveté aux vertus de la vérité. Elle reproche au chef de ne pas dire la vérité. Le cabinet périclitait et n'attirait plus les clients. Les rentes du chef suffisent à ses besoins et à ceux de sa femme, qui sont plus conséquents, mais il s'ennuyait de n'avoir rien à faire, et son rôle d'avocat-conseil d'une bonne quinzaine de compagnies, promotion due en grande partie au travail de ses employés, doit avoir fait doubler ses revenus. Nouveau local, nouvelle équipe. Outre le changement de décor, on peut dire, sans nous flatter, que le casting est excellent. Et si le chef n'est pas brillant plaideur il sait faire avec les clients une fois qu'ils entrent dans la maison. Ses mensonges sont un choix tactique. Tout ce qu'on demande à une tactique, c'est de mener à la victoire. Mensonge, vérité, Elisabeth ne connaît pas ces catégories. Ce pragmatisme me plaît assez. J'ai étudié les caractères de mes collègues, non par curiosité – les autres sont libres d'être eux-mêmes du moment qu'ils me laissent tranquille

– mais plutôt par nécessité. Quand le chef a commencé à apprécier mon travail, il m'a conseillé de prendre épouse en me vantant les avantages du mariage : le sexe à domicile, le support d'une vaillante complice qui, pour défendre ses intérêts, devra aussi défendre les vôtres, les charmes de la routine et une structure d'accueil pour calmer vos ardeurs entre deux aventures, et puis, dans le métier, les gens préfèrent confier la défense de leur patrimoine à un homme marié. J'ai eu un prof, au lycée, qui travaillait six jours sur sept et couchait avec ses élèves. En semaine il voyageait d'une école à l'autre. Le dimanche, il donnait des leçons particulières. Il enseignait les maths et la logique et, commentant sa vie sexuelle et son goût des adolescentes, il disait : C'est logique, je n'ai pas le temps d'aller chercher des femmes ailleurs. Comme lui, je travaille beaucoup et n'ai pas vraiment le temps de chercher ailleurs ni de développer des relations durables. Je reçois peu de femmes, et j'exige toujours qu'elles s'en aillent une fois qu'on a fini. Je reste alors sur le canapé avec un whisky et ma guitare, et j'oublie tout. Pour répondre au conseil du chef, je me suis demandé laquelle de mes collègues ferait une bonne épouse. C'est pour cela que j'ai étudié leurs traits, leur tour de taille et leurs tempéraments. J'ai récolté suffisamment d'informations pour pouvoir me prononcer sur leurs habitudes sexuelles. Francine baise rarement, toujours dans la douleur. Elle attend d'être tombée amoureuse d'un homme qui ne l'aime pas, de préférence un cadre supérieur bien assis dans l'humanitaire. Ils vont dîner une fois, deux fois. Réunis par la bonne conscience ils se trouvent des affinités et parlent de vivre ensemble. Puis l'homme se rappelle qu'il y a beaucoup de femmes qui travaillent dans l'humanitaire et ne refuseraient pas son invitation à dîner. Il va chercher ailleurs et Francine se repent de s'être laissé bercer par les fausses promesses d'un dragueur sans frontières. Quand l'homme s'en va, Elisabeth et moi sommes bons pour les confidences. J'ai dîné une fois en tête-à-tête avec Francine. Il n'y eut pas de suite : elle m'a trouvé cynique et moi je cherche tout sauf les complications. Elisabeth, c'est autre chose. Son corps n'est pas la moindre de ses armes fatales. Elle n'a pas pour autant une vision poétique de l'attrait qu'elle exerce. Elle nous a donné à lire à Francine et à moi des vers d'assez bonne qualité qu'elle inspire à un jeune poète. Cela la flatte qu'il la désire, mais coucher avec lui serait un acte gratuit puisque de toutes les façons, qu'il la touche ou ne la touche pas, il a déjà trouvé sa source d'inspiration. "Je demeure pour lui le mystère du caché." Elisabeth est une battante qui ne pose pas d'actes gratuits. Elle me ressemble. Elle joue bien et nous ferions une bonne paire. Mais elle prend quelquefois le jeu trop au sérieux. Moi j'analyse le système et j'en applique les codes sans les respecter de l'intérieur. Je n'ai au fond de moi ni points de vue ni préjugés. Les valeurs, cela fait aussi partie des choses que j'ai oubliées. Elisabeth souffre au moins une zone de sincérité : elle n'aime pas les Noirs et vénère les mulâtres. C'est une chose de comprendre que, dans une ancienne colonie, il est de bon ton d'avoir des amitiés et des amants mulâtres. C'est une autre chose de croire sincèrement que la couleur de sa peau confère au mâle une qualité. Je comprends mal cette faiblesse. Mettre en pratique un préjugé n'oblige pas à le partager. Elisabeth et moi, nous avons couché ensemble une fois. Elle avait, par précipitation, frôlé la catastrophe sur un dossier. L'affaire était sérieuse. Elle avait minaudé pour que le chef la lui confie.

Il lui avait cédé et ça se passait mal. Je l'ai aidée. Un dîner et une séance d'amour dans son appartement. Cela lui coûtait. On ne force pas le plaisir. Nous n'avons pas jugé utile de recommencer. C'est sans importance dans nos relations. On s'entend bien tous les trois. Mais, pour des raisons très différentes, aucune de mes deux collègues ne me conviendrait comme épouse. Et puis, sans les offenser, elles commencent à prendre de l'âge, il me faudrait trouver plus jeune. Enfin, à tout considérer, et tenant compte du fait que je suis encore en période de rodage dans la composition de mon personnage, j'ai conclu que le mariage pouvait attendre que je sois mieux installé dans mon rôle d'avocat d'affaires sans passé et sans états d'âme. Je ne sais pas quel mari il faut être pour que le mariage soit plus un avantage qu'une contrariété. Quand je l'aurai compris, je penserai peut-être à prendre épouse. A la moindre occasion, le chef renouvelle son conseil : N'oublie pas, Mathurin, un homme doit être marié. Merci, chef, ça peut attendre. Maître Bayard. Nous l'appelons tous : le chef. Avant de commencer la réunion du lundi dans la salle de conférence, il se félicite d'avoir une pareille équipe et nous fait de fausses promesses concernant notre promotion au grade d'associés. Nous n'y croyons pas. Nous travaillons pour lui, lui travaille pour sa femme. Elle dépense l'argent qu'il gagne. Ce qu'elle ne dépense pas, elle le met de côté. Pour elle. Sur des comptes à elle. C'est Elisabeth qui nous a renseignés sur les façons de faire de l'épouse du chef. Elisabeth connaît tous les faux secrets de la vie des riches. Pas plus que Francine et moi, Elisabeth n'est riche, mais elle sait mieux que tous simuler la richesse. Les riches la prennent ainsi pour une des leurs et la mettent dans leurs confidences. Tous les riches connaissent les secrets des riches. Allez comprendre pourquoi ils se livrent à tant d'acrobaties et de simulacres pour cacher ces secrets aux autres, aux non-riches qui n'ont guère le loisir de se préoccuper des concours d'adultères et des poitrines gonflables de ces dames de la haute. Elisabeth, Francine et moi, nous sommes des presque riches. Cela veut dire que nous avons un emploi, dans un pays où l'emploi est une denrée très rare. Un diplôme, dans un pays où de vieilles dames vous arrêtent dans la rue ou à l'entrée d'une pharmacie en vous demandant gentiment de leur lire une adresse ou une ordonnance, pas parce que leur vue a baissé avec les ans mais parce que la vie ne leur a jamais laissé ni le temps ni les moyens d'apprendre à lire. Nous avons aussi un statut, un avenir. Avec un peu de chance, nous allons encore grimper dans l'échelle sociale, et nous devrions être un jour le chef de quelqu'un et présider aux réunions dans une salle de conférence. Des presque riches. Tenant compte de la loi de l'unité des contraires, nous sommes aussi des presque pauvres. Un glissement, un accroc, et tout peut s'effondrer. J'ai remplacé au cabinet un comme nous qui avait glissé dans une affaire de contrebande. Ce n'est pas la faute que le chef avait sanctionnée, mais le mauvais goût de s'être fait prendre. Dans le monde de notre clientèle, il n'y a pas d'honnêtes hommes, il n'y a que des déchus qui se sont laissé prendre. La sanction est variable : probation, purgatoire, exil définitif. La principale variable est l'origine sociale : plus elle est haute, moins long sera l'exil. Tout faire et ne pas se faire prendre. C'est la consigne du chef et ce pour quoi les clients nous payent. Francine ne tiendra pas longtemps. Elle se laisse facilement distraire par les choses de la vie courante. Elle entend concilier un revenu appréciable et le sentiment d'être une citoyenne vertueuse et charitable. Les ONG, c'est son avenir. En vivant loin de la vraie vie, elle sera encore plus convaincue de bien faire et encore plus choquée des choses qui la choquent. Car tout la choque. Par exemple, cela la choque de savoir que la patronne du chef part six ou sept fois par an aux Etats-Unis faire son shopping à Miami, baiser à New York au Waldorf Astoria, skier dans le Colorado, et, de retour ici, court prier Dieu à l'église Saint-Pierre de Pétionville, faire ses offrandes et libations chaque premier vendredi du mois chez un houngan de Cayes-Jacmel, dîner chez les ambassadeurs pour mater les Blancs de passage. Rien de cela ne me choque. Je n'invite personne à s'enquérir de mon parcours, la vie des autres ne m'offre pas matière à discussion. Je l'ai réalisé le jour où j'ai choisi de perdre la mémoire : pourquoi attribuer des valeurs aux systèmes de survie et de sécurité que les gens s'ingénient à mettre en place ? N'est-ce pas cela, vivre ? Sauf à faire comme Francine : les blâmer, les plaindre ou leur en vouloir. Moi je ne blâme personne, je ne plains personne, je n'en veux à personne, et je ne me laisse pas choquer par les choses de la vie courante. Mon dernier choc émotionnel remonte à très longtemps, dans une autre vie. Aujourd'hui rien ne m'interpelle. Le soir, quand je rentre, je travaille mes dossiers, puis je m'installe sur le canapé du salon, avec un whisky et ma guitare. Je joue mal, mais c'est pour moi seul. Personne ne vient m'emmerder et je n'emmerde personne. Dans dix ans j'aurai gravi d'autres échelons, j'habiterai une maison plus grande, dans un quartier moins bruyant. Celui que j'habite actuellement est convenable, mais il y a, le matin, quand la vie se réveille, une odeur de basse-cour qui envahit la rue et l'écho de voix sales qui crient dans le lointain. Le but du jeu est simple : c'est d'échapper aux cris. Dans dix ans, comme un chef, je serai loin des cris. Mes maîtresses seront un peu plus belles que celles d'aujourd'hui. Le soir, je me mettrai sur le canapé, un whisky devant moi, et je jouerai, pour moi. Je peux jouer même avec la télé allumée, en écoutant vaguement les nouvelles du monde pour être à jour avec les débats de l'heure, les crises, les catastrophes, la vie des stars et les grands événements sportifs. Cela fait mauvais effet quand une information vient vous prendre par surprise dans un cercle mondain. Pour le reste…

Depuis mon départ du village j'ai toujours joué pour moi. Et je jouerai toujours pour moi. C'est comme ça. Je suis comme ça. Les expériences n'ont pour moi aucune valeur en soi. Je ne retiens des événements et des rencontres que la somme des procédés de construction de soi et d'autoprotection qui pourront un jour m'être utiles. Je ne saigne jamais du cœur et j'ai rompu depuis longtemps avec les douleurs affectives. C'est plus simple. De la sorte je puis être heureux avec moi-même, en moi-même, par moi-même. A la faculté, une de mes camarades se croyait amoureuse de moi. Elle m'offrait son corps, son temps, son affection, sans même me demander de n'aimer qu'elle. Elle était prête à assumer toutes les théories libertaires et à les mettre bravement en pratique. Pour moi. Je ne lui en demandais pas tant. Recevoir oblige à donner. Je préfère être heureux avec moi-même, par moi-même. Elle a beaucoup pleuré. Elle parlait presque de mourir. Je me réjouis d'habiter une ville dépourvue de rivière, elle aurait pu je crois, mue par quelque vice romantique, se jeter sous un pont. Il y a longtemps que je n'ai pas nagé. J'étais un bon nageur. J'ai même gagné un concours, autrefois, dans une autre vie. Mais aurais-je risqué ma vie pour sauver la sienne ? Je ne sais pas. Je me souviens qu'elle a beaucoup pleuré et faisait des efforts pour ne pas me détester. Je crois que j'ai symbolisé à ses yeux le plus vil gaspillage de la bonté humaine. Fait-on l'amour avec quelqu'un simplement parce que cette personne vous dit : J'ai envie de toi ? Aime-t-on le passant qu'on n'est pas appelé à revoir simplement parce que son pas a croisé le nôtre ? S'engage-t-on dans de vains combats aux côtés d'inconnus qui ne partagent au fond qu'un besoin de slogans ? Elle était une lectrice assidue de romans et d'œuvres de penseurs humanistes et citait un auteur qui disait que "le poète est moraliste par abondance de nature". Je ne suis pas poète. Je suis, comme chacun, mercenaire de moi-même et je n'ai pas l'arrogance de prétendre à une quelconque forme d'abondance de nature. Après l'année préparatoire, je me suis orienté vers le droit, mon amoureuse vers les sciences économiques. Nous ne nous sommes plus revus. Je n'ai pas la vanité de croire qu'elle pense encore à moi. Seuls les fous peuvent aimer dans le lointain, pour rien, sans espérance. Si elle est folle, tant pis pour elle. J'espère cependant – c'est tout ce que je peux faire – qu'elle a récupéré ses larmes et considère à présent sa douleur d'autrefois comme une expérience formatrice. C'est ce que j'ai fait depuis que j'ai quitté le village. Je ne suis de nulle part et je ne me déplace plus de moi. Je joue pour moi. Le matin, au génie. Le soir, à la guitare. Et je ne repêche pas les épaves sous les ponts.

A vrai dire, j'étais comme ça. Jusqu'au jour où Charlie s'est présenté au cabinet pour foutre le bordel dans ma vie, réveiller les morts et les bons sentiments, avec sa gueule d'adolescent et mon deuxième prénom, des histoires de village, de meurtre, d'argent sale, d'amour et de misère, de musique populaire et de quartier bourgeois. Le tout en un seul jet. Même lorsqu'il s'endormait, chez moi, sur le canapé, en laissant la télé allumée pour entendre le bruit des images, les choses allaient vite. Je le regardais dormir, en essayant vainement de travailler sur mes dossiers. Charlie m'a mis dans la tête l'une des choses les plus dangereuses qui puissent arriver à un homme : l'adoption de ce qui pourrait ressembler à une cause, des pour, des contre, des réflexions et un point de vue sur des réalités extérieures à la mienne. De sa première apparition au cabinet à la dernière nuit, après la bagarre et les coups de feu, quand je l'ai porté dans mes bras jusqu'à l'appartement d'Elisabeth, il ne s'est passé qu'une semaine. Mais les choses sont allées très vite, trop vite, de sorte qu'à la fin rien ni personne, moi y compris, ne se retrouvait à la place qu'il occupait auparavant.

Le jour où Charlie s'est amené pour foutre la merde dans ma vie, le chef était en voyage à l'étranger. Il accompagnait un client. Le chef voyage souvent avec ses clients. Ce client-là prend régulièrement rendez-vous en Floride avec son frère. Les riches, ici, sont rarement fils uniques. Nos clients ont tous des frères qui brassent des affaires aux quatre coins du monde et accumulent les nationalités. C'est une tactique courante chez les entrepreneurs. Un frère sur deux est haïtien, dirige officiellement l'entreprise familiale et obéit aux lois locales, l'autre est un citoyen du monde qui investit ailleurs les profits générés ici. Le capital, c'est une toile. Nous sommes payés pour la coudre en toute légalité avec des fils et des doublures aussi invisibles qu'efficaces. Nous travaillions, les filles et moi, dans la salle de conférence, profitant de ce moment d'absence du chef qui nous donnait la sensation de détenir plus de pouvoir de décision que nous n'en avons en réalité. Je présidais. En l'absence du chef, j'adore présider et elles préfèrent que je préside. Je fais un honnête président qui n'encourage pas les querelles. Entre mes partenaires je n'opère jamais de tri, je juge plus sage de faire en sorte de ne m'attirer la grogne ni la rancune de quiconque. J'arbitrais à l'amiable un désaccord entre Francine et Elisabeth sur un problème de procédure. Nous avons vu la porte s'ouvrir. Et une chose est entrée. Une chose, c'est bien le mot. Dans notre salle climatisée ; dans un restaurant fréquenté par les Blancs dans un pays de Noirs ; au milieu d'un concert privé de musique classique au cours duquel de vieilles dames en tenue de soirée refont le compte de leurs amants sur une symphonie de Beethoven, quand s'amène quelqu'un comme Charlie, ce n'est pas une personne qui pénètre dans la salle, c'est une curiosité. Un adolescent, quatorze ans, pas plus, mais le genre d'adolescent qu'on ne désigne pas par son âge. On ne dit pas d'un cireur de bottes, d'un mendiant ni d'un va-nu-pieds : C'est un adolescent. On voit d'abord sa fonction ou sa condition. Il a ouvert la porte, et il est entré dans la pièce avec son tee-shirt sale, ses cheveux sales, ses baskets sales. Les traces de sa transpiration sous les aisselles de son tee-shirt, la chaleur de la rue qui habitait son corps juraient avec la climatisation et les fauteuils rembourrés. Maigre, presque osseux. On voyait le manque de sommeil dans ses yeux fatigués mais brillants de résolution. Francine, avec les réflexes d'une authentique experte ès charité, l'a pris pour un enfant perdu et lui a parlé comme on s'adresse à un bébé. S'était-il égaré ? Nous pouvions le guider... Voulait-il un verre d'eau ? Elisabeth, plus pragmatique, craignant la menace d'un mendiant, lui a conseillé d'aller à côté, dans la maison de commerce spécialisée dans le change des devises, où l'on maniait du cash. Il les a regardées l'une et l'autre sans rien dire. "Toi, la débile ; toi, la pimbêche, foutez-moi la paix." Il n'a pas prononcé les mots, pourtant j'ai la certitude de les avoir entendus. Il s'avançait vers moi, aucun son ne sortait de ses lèvres. Arrivé devant moi, il a demandé : C'est toi, Dieutor ? Et ma première pensée fut d'adresser une lettre de blâme à l'agent de sécurité qui avait encore abandonné son poste, malgré les menaces de sanction, probablement pour séduire une énième domestique du quartier par le seul pouvoir de l'uniforme. Les employées de maison vénèrent les uniformes. Depuis la mise à mort de l'armée régulière, les agents de sécurité ont grimpé dans la hiérarchie et abandonnent leur poste pour jouer les va-t-en-guerre dans les chambres de bonne. Le nôtre n'échappe pas à la règle. Cette fois, il était bon pour la révocation. Après tout, qu'attend-on de lui ? Les braqueurs n'attaquent pas les cabinets d'avocats. Nous ne sommes pas une banque. On ne lui demande pas de risquer sa vie mais de ne pas laisser entrer n'importe qui : les bérets, les rastas, la sueur, les souliers couverts de poussière, les tee-shirts décolorés, les vestons à carreaux couleur jaune d'œuf-caca de perroquet, les enfants des rues, les Charlie, la nuisance. Dans les entreprises comme la nôtre, les agents de sécurité sont en réalité un service de filtrage placé en devanture. Ils vérifient les origines et les parcours sociaux, sur le modèle des policiers des postes de contrôle dans les aéroports, qui décident du droit de passage des ressortissants étrangers. L'agent avait laissé entrer dans notre salle de conférence un ressortissant étranger qui ne remplissait pas les conditions requises. Ce sont des erreurs qui se payent.

"C'est toi, Dieutor ?" Une question, et j'ai senti venir la merde. Pour éviter ses yeux et la question, j'ai repris une technique chère à mon père, celle qu'il avait utilisée au moment de mon départ et avant, à la mort d'Ismaël. J'ai depuis inscrit cette technique à mon répertoire, et elle fonctionnait jusque-là à tous les coups. Dans la vie quelqu'un doit perdre, et je préfère que ce ne soit pas moi. Je fais des tris dans ma mémoire. Je n'enregistre jamais les défaites, mais j'étudie les procédés qui mènent à la victoire pour enrichir mon arsenal. Face à une menace verbale ou une situation compromettante, mon père enfonçait son regard dans un quelconque ailleurs, prenait appui sur un objet afin d'organiser sa fuite. J'ai cherché un refuge dans les deux toiles sans saveur accrochées aux murs. On ne peut rien en dire, à moins d'y mettre des choses qui n'y sont pas, par amitié pour leur auteur. Ce ne sont pas des horreurs, ce sont des "riens". Œuvres d'un architecte à la mode se faisant passer pour un peintre, elles n'évoquent rien, n'inspirent rien, ne signifient rien. Aujourd'hui tous les architectes à la mode jouent les peintres du dimanche : trois lignes brisées, un coloriage en pointillé, et voilà le chef-d'œuvre autour duquel on se pâme dans les soirées mondaines. Dans le monde de l'épouse du chef, dessiner des maisons appelées à être cachées derrière des murs de clôture aussi hauts que leurs toits dans l'intention de les dérober au regard des pauvres autorise tout fils de famille revenu de la fac de sciences à se prendre pour un artiste. J'ai cherché abri dans ces toiles. Mais ce ne sont pas des tableaux dans lesquels on se réfugie. Sans profondeur et sans ailleurs. "C'est de la merde, n'est-ce pas ?" J'ai entendu nettement la phrase. Aucune erreur possible. Pourtant, là encore, aucun mot n'est sorti de sa bouche. Et une nouvelle phrase tandis que ses yeux fixaient les miens : "Tu voudrais me mentir, mais tu n'y arrives pas."

Se tenait debout devant moi un garçon sale que je voyais pour la première fois, une curiosité venue d'un autre monde, et j'entendais ses silences. J'entrais dans sa tête et je disais ses mots. Je me suis mis à transpirer malgré la climatisation. Pris d'effroi. Comme là-bas, au village, il y a longtemps, quand j'ai rencontré la mort pour la première fois et que j'ai passé trois nuits à attendre qu'elle vienne me chercher. Là-bas, le village, mon père, les vieux joueurs de bésigue, Anne, le petit cimetière. Ce crétin de Charlie, avec sa vie de chien et son histoire de fou, était venu ouvrir la porte du retour.

En ce temps-là, les cyclones ne se faisaient pas la course et attendaient patiemment trois ans, le temps que le dernier devienne un souvenir, avant l'arrivée du suivant. Nous avions donc le loisir, entre deux catastrophes, de tout remettre en place, de reconstituer à l'identique les toits et les clôtures, de revenir au même et de replacer dans les bonnes cases nos vies que les pluies et les vents avaient légèrement détournées de leur cours habituel. Aujourd'hui, les cyclones, c'est la vie courante. Ils arrivent par vagues, se bousculent, font équipe, et s'installent dans nos vies comme une épidémie, et plus personne n'a le temps de reconstruire quoi que ce soit entre deux catastrophes.

Tous les trois ans, au début de la période cyclonique, aux premiers signes de la colère des éléments, mon père ouvrait son anthologie de la poésie baroque et nous lisait ces vers : "Que les vents enragés fassent précipiter les étoiles du ciel dans la mer une à une." J'avais acquis la conviction qu'il était une sorte de Moïse, un grand prêtre avec le pouvoir de commander à la matière. Je le croyais aussi grand lecteur, en raison des citations et des soirées qu'il passait assis à sa table de lecture. Quand il était dans cette attitude, ma mère ne le dérangeait jamais, et même après l'enterrement d'Ismaël et tous les autres événements malheureux qui attristèrent sa vie d'épouse, quand il jouait son rôle de lecteur, elle ne pouvait s'empêcher de le regarder avec admiration. Ma mère était crédule et mon père avait le talent d'induire en erreur ceux qui le fréquentaient. Quand j'ai appris à compter j'ai réalisé qu'il ne possédait en réalité que trois livres : un manuel de scoutisme, un dictionnaire illustré des plantes médicinales de l'archipel des Caraïbes, et une anthologie des poètes et rhéteurs baroques de la première moitié du XVIIᵉ siècle. Il les avait achetés à un brocanteur de la rue des Miracles à son premier passage à Port-au-Prince et, de retour au pays, c'est avec ce modeste arsenal qu'il s'était fait passer auprès de ma mère pour un érudit. Comme la plupart des jeunes filles de notre localité, ma mère, Anaëlle, n'avait jamais vu tant de livres à la fois. Quand j'ai décidé de quitter le village, mes parents ne parlaient déjà plus que chacun de leur côté, souvent en même temps, en se tournant le dos, dans l'absolu mépris des paroles de l'autre, mais ma mère continuait de croire mon père plus savant qu'il ne l'était et me mettait en garde, puisque j'allais partir, contre la tentation d'une "science sans conscience", cette sorte de maladie mentale qu'on attrapait dans les grandes villes. Avec ses trois livres et un voyage à Port-au-Prince, mon père avait élaboré le plus durable de ses mensonges. Quand il est mort, ma mère a trouvé dans cette dernière fausse qualité qu'elle s'acharnait à lui prêter son unique raison de le pleurer. Avant de mourir elle a fait don des trois livres de mon père à la mairie. Je ne sais pas où ils ont fini, le maire de l'époque n'ayant jamais tenu sa promesse de fonder une bibliothèque communale et aucun de ses successeurs n'ayant fait de la lecture publique l'une de ses priorités. Pour les décès de mes parents, j'ai su par Anne. Elle m'a écrit deux lettres de son écriture appliquée d'institutrice sur du papier que distribuent des ONG spécialisées dans l'éducation. Deux lettres auxquelles je n'ai pas fait de réponse. Je n'éprouvais pas d'émotion forte envers mes parents, déjà de leur vivant. Maintenant qu'ils étaient morts et qu'on s'était débrouillé sans moi pour les funérailles, je ne pouvais être d'aucune utilité à leurs dépouilles et l'indication de l'emplacement exact de leurs tombes n'a pas eu la valeur d'une carte au trésor. Anne donnait des indications précises. Je connaissais bien le cimetière. Je pouvais, de mémoire, parcourir ses allées et m'arrêter devant n'importe quelle tombe et décliner la liste des morts qui y avaient trouvé refuge. Mais la personne à laquelle les lettres étaient adressées était morte elle aussi. Anne m'a encore écrit quelques lettres dont j'ignore le contenu, ne les ayant jamais ouvertes. Et puis j'ai changé d'adresse et les lettres ont cessé d'arriver. J'avais quinze ans l'année où j'ai quitté le village, et plus personne ne m'avait appelé Dieutor. C'était le soir. *Dieutor, mon Dieutor.* Anne me serrait contre elle. Anne était belle. Pas vraiment. Belle comme une fille de quinze ans aux yeux d'un garçon de quinze ans dans un village où il n'y a pas beaucoup de filles de quinze ans. Un village qui donne sur une mauvaise mer. Une mer qui emporte les musiciens. Ne s'ouvre sur rien. Pas même sur une vraie route qui verrait des gens aller et venir. Un village sans autre avenir que de rester à sa place en se dépeuplant au fur et à mesure que les vieux meurent et que les jeunes s'en vont. Un village sans espérance qui ne reçoit pour visiteurs que de vieux joueurs de cartes à l'article de la mort et, une fois tous les deux ans, des volontaires de la Croix-Rouge sillonnant les sentiers avec un porte-voix pour inviter les parents à conduire les enfants au service de vaccination installé pour l'après-midi dans l'unique salle de cours de l'école communale. Je viens, je m'en souviens, du trou du cul du monde. Voilà pourquoi j'ai oublié. Dieutor est mort. C'était le soir. Le dernier. Anne pleurait. *Dieutor, mon Dieutor.* Et puis ce furent la route, le camion, Port-au-Prince. Aucune femme ne m'a depuis serré contre elle en murmurant : *Dieutor, mon Dieutor* pour me signifier sa tendresse et sa tristesse de savoir que je partais loin, trop loin pour garder des souvenirs. Sans y être invité, ce crétin de Charlie, dans sa quête d'avenir, m'imposait une mémoire.

La première fois que j'ai croisé la mort, un cyclone nous menaçait. Le vent soulevait déjà les tôles et le ciel versait sur nos têtes toutes ses réserves d'eau. Un homme longeait notre rue, sa guitare sur l'épaule. Mon père venait de prononcer les paroles du poète : "Que les vents enragés fassent précipiter les étoiles du ciel dans la mer une à une !" Je l'aidais à fermer les fenêtres et à préparer les lampes à kérosène et lui demandai quel était donc cet homme qui faisait face au vent. Il ne me répondit pas sur l'heure, mais seulement quelques jours plus tard, avec le retour du soleil, quand je lui posai de nouveau la question. L'homme vivait seul, disparaissait souvent sur des périodes de quinze jours, parfois d'un mois, revenait au pays, traînait seul le soir, jouait encore à la toupie – chose étrange pour un homme d'âge mûr –, et donnait de la musique sur la plage par bon temps, mauvais temps. Je ne me souviens pas des phrases exactes de mon père, mais la fiche signalétique qu'il avait établie résumait parfaitement le point de vue des adultes. C'était notre fou à nous qui donnait la musique et marchait dans le vent. Nous fûmes, mon père et moi, les derniers à le voir. Il n'est pas revenu de la mer. Mon premier mort n'avait pas de corps. Après l'abandon des recherches par les volontaires recrutés par le maire – on avait éteint les torches et fait revenir les barques –, mon père m'a dit : Ecoute Dieutor, et il m'a parlé de la mort et du destin des artistes qui la cherchaient ou qu'elle venait parfois chercher avant leur heure. J'ai eu peur de cette chose abstraite qui pouvait emporter un homme, le transformer en cerf-volant ou le cacher sous l'eau, au pays des sirènes. Je n'étais pas un artiste, mais je commençais à taquiner la guitare du vieux Gédéon qui en possédait une mais n'en jouait jamais. Après le passage du cyclone, à la moindre brise j'avais peur que la mort ne fût revenue me chercher. Voyant que je n'allais plus chez lui pour ma leçon du dimanche, le vieux Gédéon est venu prendre de mes nouvelles. Je lui ai rapporté les paroles de mon père. Il a ri et il m'a demandé si je n'avais pas encore compris que mon père était le meilleur menteur du village. Puis, pour mon plaisir, pendant des semaines il m'a obligé à prendre des leçons tous les jours. J'ai aussi commencé à visiter le cimetière. J'allais dans la maison des morts, et j'apprenais leurs noms par cœur. J'y allais aussi, plus tard, dans les mois précédant mon départ du village, avant que le vieux Gédéon ne nous offre un abri, pour être seul avec Anne, et parce que, de là, nous entendions mieux la musique des tambours.

Je suis un pragmatique et constate les faits. Quand Charlie est entré dans la salle de conférence, il a brouillé tous mes repères, cassé la mécanique qui me confortait dans un vivre sans hier. Les temps se sont mélangés dans ma tête. Les personnages successifs que j'avais pu être et oublier, cet autre que j'allais devenir, se sont mis à se contredire et se battre. Je n'ai jamais rédigé la lettre de blâme ni le rapport négatif contre l'agent de sécurité. Il est parti de lui-même vers un autre poste, dans un autre secteur, pour fuir l'affluence des maîtresses accumulées dans le quartier, qui venaient l'attendre à sa sortie du travail et lui réclamer de l'argent pour les enfants en bas âge et les futurs en gestation. Moi, j'ai bêtement laissé les choses m'emporter et je continue d'entendre les mots des silences de Charlie. Dans le fond, ce sont peut-être des mots à moi, ceux que j'ai tués, comme ma mémoire, et que, par prudence, je préfère prêter à un autre.

Dès mon arrivée à Port-au-Prince j'ai fait le choix de ne garder de mon deuxième prénom que le prestige de l'initiale. Aujourd'hui c'est la mode de s'appeler Pierre C., William B. ou Jean J. quelque chose. Une mode et un risque. Il arrive qu'un ennemi remonte aux sources et révèle que le C. ou le J. du deuxième prénom d'un intellectuel respecté ou d'un chef d'entreprise dont tous vantent le dynamisme cache un Cius ou un Jeantyl'homme. Je ne lis pas les journaux locaux et écoute rarement les nouvelles nationales, mais j'avais vaguement suivi une polémique interminable entre deux docteurs revenus de l'étranger autour des composantes admises et cachées de l'identité nationale. A court d'arguments, le plus faible des adversaires avait adressé une lettre ouverte à son contradicteur en l'appelant du Cius de son deuxième prénom. Le débat tourna à l'injure, et les savants docteurs quittèrent le terrain des idées pour une guerre de mots "sales" ne visant qu'à faire mal. Il suffit d'un mauvais prénom pour que les érudits perdent leur contenance et se lancent les mots au visage comme les voyous se lancent des pierres. Mathurin D. Saint-Fort. J'ai assumé le risque et je profite du prestige. Je ne suis pas encore assez important pour faire la une des journaux. Mathurin D. Saint-Fort, ancien élève du lycée Louverture, lauréat de sa promotion ; boursier de la République à l'Ecole de droit, lauréat de sa promotion ; inscrit au barreau en l'an … ; aujourd'hui membre du cabinet de maître Bayard, avocat d'affaires. Personne n'a encore songé à me demander ce qui vient après le D. Je m'arrange pour n'attirer aucune curiosité et oriente mes conversations uniquement vers le présent. Au cabinet, Francine est la plus douée, l'esprit le plus brillant. Mais elle passe trop de temps à pleurer sur elle-même et les femmes d'Israël, elle oublie que notre profession a une vie autonome. Elisabeth fait travailler les autres à sa place et obtient tout de tous, consultations gratuites de la part des collègues, décisions de justice et trafic d'influence. Moi, je travaille beaucoup, et je connais les codes, le fond, les nuances, la procédure. Dans ma deuxième vie, j'ai beaucoup appris. Pour briller. Pas seulement dans le domaine de ma profession. Je suis brillant, c'est mon identité. Mathurin D. Saint-Fort, identité : brillant. Séduits par mon savoir, les gens n'en viennent pas à penser au mystère caché derrière cette lettre D. Mais, prudent, je réserve, au cas où, une batterie de prénoms présentables : Daniel, David, ou, pourquoi pas, Dwight, pour parer à la demande qui pourrait me venir d'un client trop curieux. JE T'EMMERDE, CHARLIE ! Tu es venu et tu as demandé : C'est toi Dieutor ? J'ai mis du temps à répondre. Elisabeth et Francine me regardaient, ne sachant que faire, ayant chacune une main tendue vers le téléphone. Telles que je les connais, Francine voulait sans doute appeler la Croix-Rouge ou l'Armée du Salut. Elisabeth devait pencher pour la police ou l'agence de sécurité. Je ne savais pas quoi te répondre, alors je suis resté un instant sans rien dire. La sainte et la pragmatique ont eu très peur du manque de bruit, et, pour mettre fin au silence qui tournait à l'éternité, je t'ai dit : Oui, c'est moi Dieutor. J'ai senti le changement dans leurs regards. Avec un autre nom, je devenais une personne qu'elles ne connaissaient pas et leur malaise a augmenté de se retrouver non plus avec un seul mais bien deux inconnus. "T'es foutu. Dieutor, ça sent trop la campagne. Et personne n'aime la campagne. Surtout un type qui fait le beau et s'entraîne tous les jours à venir de nulle part. Un type qui travaille dans une salle climatisée à côté d'une madone et d'une pimbêche en tailleur. Ces femmes-là, elles ne peuvent pas aimer un homme qui vient de la campagne. Tu ne t'aimes pas. Elles ne t'aiment pas. Personne n'aime la campagne. *Sorry*, vieux." J'entends de nouveau tes mots. Tu te contentes de me regarder, et j'entends tes mots. Comme si tu parlais à l'intérieur de moi. Ou comme si j'étais sorti de moi et nous regardais avec tes yeux. VA TE FAIRE FOUTRE, CHARLIE ! Merde. A ce moment-là j'aurais dû te chasser, appeler la sécurité pour te remettre dans la rue, blâmer l'agent pour son absence et retourner à mes dossiers, habiter de nouveau le miroir que j'avais construit. J'ai répondu à ta question et commis ma première erreur. Tu as détruit le labeur de plusieurs années en deux syllabes, avec un vieux mot de sept lettres, un petit mot en deux syllabes. Dieu devant. Tord derrière. Et cela tisse un nœud qui vous serre la gorge et vous pourrit la vie. MERDE, CHARLIE. A toi. A ta mère. "C'est ma mère. Avant de partir, il y a longtemps, elle a dit que si je venais de la part du vieux Gédéon…" Merde à vous deux. Mais je n'ai pas pu dire merde au vieux Gédéon. Sans doute à cause de la guitare. ET, COMME LE PIRE DES CRÉTINS, JE T'AI LAISSÉ OUVRIR LA PORTE AU GRAND DÉSORDRE DANS LEQUEL AUJOURD'HUI JE NAGE SANS DISTINGUER MES MOTS DES TIENS. SANS ME RÉSIGNER À CHOISIR ENTRE TA PRÉSENCE ET TON ABSENCE.

Quand on ne peut pas fuir un emmerdeur, on s'arrange pour que lui s'en aille. On l'entraîne ailleurs et on l'abandonne à lui-même. J'ai proposé à Charlie d'aller discuter ailleurs. Dans mes calculs, ce qui l'amenait devait être une banale affaire de documents d'identité, une erreur sur un acte d'état civil. Ce genre d'affaires n'intéresse pas le cabinet. La simple correction d'une erreur matérielle peut prendre un an. Un changement de nom plus longtemps encore. Et les personnes qui font face à ce genre de situation n'ont souvent pas de quoi payer. J'allais lui communiquer l'adresse d'un confrère. Un coup de fil, une faveur, et retour à ma vie actuelle. Il se pouvait que ce fût aussi quelque chose de moins compliqué sur le plan juridique, ou même quelque chose n'ayant aucune relation avec ma profession : une demande d'aide financière, une recommandation, un loyer, une ordonnance à honorer. Au pire, j'allais lui consacrer quelques minutes, un peu d'argent, ou même moins : le point de vue d'un aîné ou un conseil pratique. Et le renvoyer à ses emmerdements après une franche poignée de main ou, de préférence, une tape sur l'épaule. La poignée de main, c'est un geste compromettant entre des personnes qui ne sont pas du même monde. Dans l'esprit de celui qui est dans le besoin, c'est un signe d'amitié qui l'autorise à venir chez vous à l'improviste, à interrompre une conversation à laquelle il n'est pas invité entre vos vrais amis et vous, à traîner là où il ne faut pas. Entre gens de milieux différents, la tape sur le dos est le geste qui convient pour établir la hiérarchie. Je ne serre jamais la main de l'agent de sécurité, ni celle du coiffeur qui me tond les cheveux tous les premiers samedis du mois depuis mon entrée au cabinet. J'ai enfilé ma veste et je suis sorti dans la rue avec la chose. Devant l'entrée du cabinet l'agent de sécurité avait regagné son poste comme si de rien n'était. Je lui ai signifié mon mécontentement d'un ton ferme, en élevant la voix, pour impressionner l'emmerdeur, lui faire comprendre que je n'étais pas un plaisantin. Echec total. Une question me hantait : où aller ? Les Charlie n'entrent pas dans les bars que je fréquente. Je n'en connais d'ailleurs pas beaucoup d'ouverts à pareille heure, n'ayant guère l'habitude de perdre mon temps et mon argent à consommer des bières à trois heures de l'après-midi. J'ai pensé à un petit restaurant de Pétionville, l'un des rares lieux où se rencontrent toutes les catégories sociales du monde urbain. MAIS TU N'AS PAS VOULU MARCHER TROP LONGTEMPS. TU M'AS DIT QUE C'ÉTAIT UNE QUESTION DE VIE ET DE MORT ET QUE TU PRÉFÉRAIS ÉVITER LES CAFÉS. Tu avais peur. Tu semblais t'attendre à voir quelqu'un sortir de la foule et t'attaquer. Moi je courais presque pour prendre de l'avance. Je ne voulais pas donner l'impression que nous étions ensemble. Toi, tu cherchais à aller du même pas que moi, te collais presque à moi. A la vue d'un policier tu m'as pris la main. Cela m'a rappelé une phrase d'Elisabeth. Profitant d'une suspension d'audience, nous nous étions précipités hors du palais de justice à la recherche d'un vieux code annoté pour vérifier une jurisprudence. Les vieux livres ne se trouvent qu'aux abords du Palais, à même le sol, à l'étal parfumé de bouse et de crachat des librairies du soleil. Il passait des piétons. Elisabeth n'aime pas les piétons. Chacun allait son pas, avec sa solitude et son visage trahissant l'urgence d'un besoin et la résignation ou la débrouillardise. Deux hommes ont traversé la rue en se tenant la main. *Des paysans. Seuls les paysans se tiennent la main pour traverser la rue.* TU M'AS PRIS LA MAIN ET NOUS AVONS MARCHÉ QUELQUES MÈTRES À LA MANIÈRE DES PAYSANS. J'ai hélé un taxi. J'ai donné mon adresse au chauffeur. Tu t'es endormi à côté de moi sur le siège arrière. Ta tête a glissé sur mon épaule. Dans le rétroviseur le chauffeur nous a regardés avec suspicion. Tu as ouvert les yeux. Tu m'as dit : Il me prend pour une pute et toi pour mon client. J'ignorais que ce genre de commerce existait entre hommes, entre des hommes et des enfants, entre des hommes et des presque enfants. Non. Je mens. Je le savais. Dans le monde du palais de justice nul n'ignore que l'un de nos meilleurs juristes ne fréquente que les enfants des rues et les laveurs de voitures. Il fait son marché le soir, pèse et soupèse avant de choisir, et ramène ses proies chez lui pour des parties de plaisir (sexe, photos, jazz et champagne) qui durent jusqu'à l'aube. Le monde est fait de ces choses qu'on ignore en sachant qu'elles existent. Dans le taxi tu t'es rendormi sans rien dire, mais j'ai entendu encore une fois les mots que tu n'avais pas prononcés : "Et puis merde, on s'en fout. Conduis, et fous-nous la paix." J'ai soutenu le regard du chauffeur et lui ai dit de regarder la route. Tu as souri dans ton sommeil. Gêné, le chauffeur de taxi a voulu se faire pardonner de s'être mêlé de choses qui ne le regardaient pas. Et il a dit, sur un ton complice : "Un petit protégé qui vient de la province ?" La question se voulait amicale. Puis il s'est mis à vanter les bonnes œuvres, les gens qui accueillent des parents qui leur arrivent de leur village, comme sa femme et lui. "Nous, on leur ouvre les bras, la famille, c'est la famille. Et qu'est-ce que vous voulez qu'ils fassent, qu'ils restent à pourrir dans des lieux dont les noms déjà résonnent comme un hymne à la pauvreté : Boucan Carré, Ravine au Diable…" Le chauffeur de taxi devisait sur les lieux et le devoir d'accueil. Et moi j'ai pensé au vieux Gédéon, aux parties de bésigue et à son tempérament de cochon. UNE AFFAIRE DE VIE ET DE MORT. Il n'y avait que lui, ressuscité d'entre les ombres, pour me foutre dans un pétrin pareil. J'ai préféré descendre du taxi à une centaine de mètres de mon domicile. J'ai réglé la course et je t'ai introduit dans ma maison. Tu t'es installé sur le canapé, à côté de la guitare. Je t'ai demandé ce que tu me voulais et quels étaient tes liens avec le vieux Gédéon qui a quitté cette terre il y a déjà longtemps, probablement avant ta naissance. "Moi, je ne l'ai pas connu. C'est mon oncle. Enfin, l'oncle du frère de ma mère. Ou quelque chose comme ça. Je ne sais pas. Mais il paraît qu'à la campagne, la famille proche s'étend très loin, de cousins en cousins et sur plusieurs générations. Ma mère est allée là-bas une fois, quand elle était enceinte. Il semble que le vieux n'avait pas d'enfants et aurait laissé tout ce qu'il possédait à ce Dieutor. Le Dieutor en question, il s'était installé à Port-au-Prince. Ma mère le cherchait, à cause de la maison du vieux. Puisqu'il n'habitait plus le village, peut-être que le Dieutor voudrait bien partager. J'étais petit. Mais je me souviens qu'elle disait que le vieux Gédéon avait confiance en ce Dieutor. Plus tard, le père Edmond m'a pris au centre d'accueil. Il n'avait pas le choix. Ma mère m'avait laissé là. Le père Edmond, il aime bien ça, s'occuper des enfants des autres. Mais maintenant je ne peux plus rester au Centre. Mes amis et moi, on s'est dispersés dans la ville." Le premier jour, voilà ce que tu as dit. Tu as dit aussi de te pardonner, que tu n'avais pas le choix. Je crois que tu l'as dit, mais je n'ai pas de certitude. Cette partie-là, je ne sais plus si elle est de moi ou si elle est de toi. Si je l'ai lue dans tes yeux sans que tu la prononces. Ou si je l'ai inventée, après. Aujourd'hui je n'arrive pas toujours à distinguer mes mots des tiens. Il me semble que nous avons marché en nous tenant la main pour traverser beaucoup de choses.

L'année de mes quinze ans, dans les mois qui précédèrent mon départ, on compta deux décès au village. Lors d'une visite d'inspection du ministre des Affaires sociales, une voiture officielle renversa un enfant sur la route nationale. Ce fut la seule action concrète qui résulta de cette visite. Le deuxième décès était attendu. Un soir de janvier, après avoir écouté sa chanson préférée, le vieux Gédéon nous avait annoncé qu'il ne se sentait pas bien et qu'il ne passerait pas les Pâques. De mémoire d'adolescent, jamais le vieux n'avait manqué à l'une de ses promesses. Tout le village le savait : le vieux ne parlait pas pour rien. Il formait avec le maire une équipe imbattable aux cartes. Leur réputation avait passé la frontière du village, et des joueurs au pedigree impressionnant arrivaient parfois d'autres villages ou d'une grande ville avec un défi, passaient la nuit à perdre et repartaient le lendemain à la fois honteux et admiratifs. C'était ainsi depuis toujours. Mais une année qu'à force d'être pauvre le village avait pris conscience de sa pauvreté, à l'approche de la fête patronale, entre deux parties de bésigue à la table des notables du bar du Commerce de notre bourg sans commerce, le vieux avait averti le maire : "Un bon joueur de bésigue ne fait pas forcément un bon maire et si tu nous sors la rengaine des autoroutes et des industries agricoles à venir, alors que tu n'es même pas foutu de faire réparer les bancs et repeindre les murs de l'école communale, je viendrai t'arracher des mains les feuillets de ton discours. Les choses vont mal ici et les gens méritent mieux que ces phrases toutes faites." Le village entier avait vu le vieux traverser la grande place, monter les quatre marches de l'escalier donnant sur la salle des bustes de l'hôtel communal, saisir le maire par le collet et lui arracher des mains les feuillets de son discours pour les lancer au bas des marches, dans la direction des musiciens de la fanfare, en criant qu'il était fatigué d'entendre les mêmes mensonges et la même musique tous les ans. Le vieux Gédéon marchait toujours derrière ses mots. Nous avions au village un jeune musicien qui ne se plaignait jamais. Pas forcément doué, mais n'ayant jamais pu oublier un homme que la mer avait emporté. Le vieux lui avait fait don de sa guitare, mais les cordes de la guitare étaient tellement usées qu'il n'en sortait plus de sons. C'est à cette époque que le jeune musicien a pris l'habitude de jouer pour lui seul. Et pour Anne. Anne trouvait des qualités à tout ce qu'il faisait. Même à son rire. Le rire est pourtant quelque chose de banal. Et il faut être vraiment bête ou naïf, ou généreux, pour trouver tel rire plus beau que tel autre. Anne aimait son rire, sa façon de marcher, sa musique, son prénom. Ils se donnaient parfois rendez-vous chez le vieux qui leur servait de la liqueur de grenadine et aimait bien les laisser seuls. Les cordes étaient usées, et le vieux qui aimait la musique du jeune homme lui avait promis des cordes neuves s'il volait au champion du maire la finale du concours régional de natation. Le jeune musicien se fit nageur, des cordes valaient bien une course. Le soir de la victoire, en signe de protestation contre l'incompétence de son vieil associé, le vieux Gédéon avait refusé de participer à la cérémonie de remise de trophée improvisée par le maire. Le lendemain il avait quitté le village à l'aube et deux jours plus tard il était revenu avec un paquet de cordes neuves, emballé dans du papier cadeau avec un ruban et l'étiquette d'un magasin de musique de Port-au-Prince. Le soir où le vieux Gédéon ne s'est pas présenté au bar du Commerce pour relever le défi lancé par deux champions venus d'ailleurs, j'ai compris avant les autres que seule la mort pouvait lui faire manquer une partie. Les Pâques approchant, le vieux avait tenu la dernière de ses promesses. Je n'ai pas assisté aux funérailles mais j'ai appris d'Anne que le maire avait donné ce jour-là le discours le plus bref de sa carrière d'homme politique. Il avait juste murmuré : "Tu me manqueras, vieux mécréant." Après la mort du vieux, le maire a continué de jouer aux cartes, se résignant à s'associer à d'autres partenaires. Mais même lorsqu'il avait la possibilité de gagner il s'arrangeait pour perdre afin de prouver que le vieux n'avait pas d'égal. Il ne retrouva le sourire qu'après s'être rendu à Port-au-Prince une semaine. Il avait bataillé fort pour rencontrer le ministre de l'Intérieur et nous était revenu tout fier avec l'argent pour réparer les bancs et repeindre la façade de l'école communale.

C'est sur ces cordes que le musicien du village joua l'hymne à la mort le soir où le vieux Gédéon ne s'est pas présenté au bar pour faire équipe avec le maire. C'est pour aller se faire une vie dans la ville où l'on pouvait s'acheter des cordes neuves que le jeune musicien quitta le village en se fermant le cœur et les oreilles pour ne pas se retourner vers la voix d'Anne qui murmurait : *Dieutor, mon Dieutor.*

"Les gens qui naissent en ville ne tiennent pas leurs promesses. Je n'aime pas la campagne. Je n'y suis jamais allé, mais tout le monde dit que les gens de la campagne, s'ils ont une qualité, c'est qu'ils tiennent leurs promesses et respectent leur parole." Le premier soir, tu as dit ça et tu t'es endormi sur le canapé. Te demander ce qui t'amenait, te forcer à aller vite au concret et me débarrasser de toi pouvait attendre le lendemain. J'ai décidé de travailler sur mes dossiers. J'aime bien impressionner le chef à ses retours de voyage. Nous avons chacun au cabinet une façon de profiter de ses absences. Elisabeth s'arrange pour se faire inviter à dîner par le chef d'un cabinet concurrent, ou par une haute personnalité de la finance ou de la vie politique. Au retour du chef, à la première occasion, elle glisse dans la conversation, sur un ton faussement anodin : "J'ai dîné avec un tel" sans ajouter qu'elle a couché avec lui avant ou après le dîner. Elle impressionne ainsi le chef par l'augmentation progressive de son capital d'influence. Il se résigne parfois à lui demander d'intervenir auprès d'un de ses "amis". C'est sa façon à elle de devenir indispensable au fonctionnement du cabinet. Francine va vers les bonnes œuvres, participe aux colloques sur la justice sociale et le droit coutumier. Je l'ai accompagnée à l'une de ces rencontres organisées par les représentants locaux d'une institution internationale. Ça radote au café et aux petits fours, aux per diem et au PowerPoint, et puis rien. Moi, je préfère les franches crapules qui ne perdent pas le temps des autres ni leurs espoirs à faire semblant. Francine m'accuse d'être un cynique. A chacun sa fonction. Son visage triste qui passe parfois à la télé crée l'illusion que le cabinet participe à des entreprises charitables. Moi je m'occupe des dossiers et, dans le cadre d'un conflit du travail, je n'ai aucun scrupule à démanteler un syndicat. Tout le monde en convient au Palais : je suis un redoutable ennemi. L'on murmure dans les couloirs : "C'est Mathurin Saint-Fort, du cabinet Bayard, qui représente la partie adverse. Méfiez-vous, il est très bon."

Le premier soir, j'ai sorti mes dossiers pour être très bon le lendemain et j'ai pensé à entreprendre la rédaction du rapport négatif sur le manque d'ardeur à l'ouvrage de l'agent de sécurité. Charlie dormait sur le canapé. TU DORMAIS SUR LE CANAPÉ. J'attendais le lendemain pour le chasser. J'ATTENDAIS LE LENDEMAIN POUR TE CHASSER. Où était-il aller chercher l'idée que "les gens de la campagne tenaient leurs promesses" ? Et la certitude que le vieux m'avait laissé sa maison. Et que sais-je, moi, des orphelinats ! Sauf l'argent que nous payent les chasseurs. Au cabinet, nous les appelons ainsi : les chasseurs. Les chasseurs, ce sont en général des femmes, blanches, avec un homme caché derrière, blanc lui aussi, qui grogne et se rebiffe avant de se laisser convaincre. C'est Francine qui s'occupe des dossiers de ces dames, une sorte de bonus moral et financier. Ces dames croient aux bonnes actions et, même lorsqu'elles prennent l'avion pour aller dans un trou perdu en quête d'un gamin appelé à satisfaire leur ardeur possessive, elles s'arrangent pour se convaincre que leur but est de faire le bien. Les chasseurs, c'est une race à part, une espèce dont le bon vouloir peut affecter beaucoup de vies, qui cultive des difficultés pour elle et pour les autres. Ils vont dans un pays où les gens meurent de faim. Ils trouvent une Dieuvela. Ils la conduisent chez eux, lui achètent des vêtements d'hiver et la changent en Céline. Ensuite il faut des psychologues, des conseillers pédagogiques, une armée du salut version service social pour expliquer à la petite pourquoi elle a changé de prénom et surtout pourquoi elle est noire avec des parents blancs, et encore pourquoi toutes ces choses sortant de l'ordinaire qui poseraient problème à toute personne sensée ne devraient pas troubler l'esprit d'une petite fille. Et ça fait une longue chaîne. Il y a les condisciples de classe, les parents des parents, leurs collègues de bureau, les enfants du quartier, les parents des condisciples de classe et des enfants du quartier pour lesquels il faut tout reprendre. Les chasseurs, il en vient par paquets. Il y a même des récidivistes – un enfant ne leur suffit pas – qui racontent fièrement leurs premières expériences et les problèmes rencontrés au cours des longues périodes d'adaptation des Dieuvela-Céline. JE NE SUIS PAS BLANC. NI UNE FEMME EN MAL D'ENFANT. NI UN CHASSEUR. VA-T'EN, CHARLIE. VA-T'EN. "Les gens de la campagne tiennent leurs promesses." OÙ ÉTAIS-TU ALLÉ CHERCHER UNE TELLE IDÉE ! ET JE NE T'AI JAMAIS FAIT DE PROMESSE. NI À TOI. NI À QUI QUE CE SOIT ! J'avais juste dit au vieux Gédéon, pour lui faire plaisir, que quand le moment viendrait de chercher l'homme derrière le masque, quitte à trouver un autre masque, je saurais. Il avait dit : Les masques, ça tue, en parlant d'Ismaël et de mes parents. MAIS TU N'ES RIEN POUR MOI. TU N'ES PAS MON FRÈRE. VA-T'EN, CONNARD ! Tu dormais. J'essayais de travailler. J'ai raté le moment du glissement, quand je me suis laissé tromper par le sommeil, assis à ma table de travail. MERDE, CHARLIE. DANS LA NUIT, PAR TA FAUTE, JE SUIS PARTI TROP LOIN. Le lendemain je me suis réveillé avec dans la bouche une odeur de campagne. C'était la première fois, depuis longtemps, que je passais une nuit dans mon village.

Mon père voyageait souvent vers les villages voisins, et trois fois par an il se rendait à Port-au-Prince. Son travail consistait à négocier avec les paysans le prix de la marchandise que les spéculateurs allaient revendre vingt fois plus cher au marché de l'import-export. A chaque départ, Anaëlle se levait plus tôt que d'habitude, préparait le café et le repas de l'aube, et, tandis que son homme mangeait, elle rangeait les habits de voyage dans la petite valise en métal : deux chemises, des chemisettes et deux pantalons kaki, toujours les mêmes. Mon père ne possédait qu'un complet et il ne l'emportait que lorsqu'il se rendait à Port-au-Prince. Dans les régions agricoles, le kaki et les chemisettes convenaient mieux, pour les moustiques et la chaleur. Il les appelait ses vêtements ordinaires, un camouflage pour ressembler aux paysans et ne pas faire trop riche. A chaque départ, il s'excusait auprès d'Anaëlle d'exercer ce métier qui le forçait à s'éloigner de sa maison et de ses livres. Après s'être habillé, il s'accordait un long moment d'hésitation au cours duquel il pesait le pour et le contre, semblait ne pas vouloir partir. Il enfilait enfin ses bottes en soupirant et nouait ses lacets. Chaque geste lui coûtait autant qu'un sacrifice. Puis il embrassait Anaëlle comme s'ils n'allaient jamais plus se revoir et sortait de la maison sous le signe de la croix en marchant du pas lourd d'un condamné à mort. Je l'accompagnais sur la route principale et restais avec lui jusqu'à l'arrêt du camion. Plus nous nous approchions de la station, plus ses bottes devenaient légères, son pas s'accélérait, et j'avais beaucoup de mal à le suivre. Quand le camion avait du retard, il s'impatientait et m'ordonnait de rentrer pour ne pas laisser Anaëlle seule trop longtemps. Il ne rapportait rien de ses voyages, sauf le mauvais souvenir de rudes journées et un grand besoin de repos.

Il restait absent quelques jours. Anaëlle ne sortait jamais sauf pour régler les urgences de la vie courante. Les retours étaient magiques. Elle lui préparait une bonne soupe, viande de bœuf et légumes, pour le guérir de sa fatigue. Puis, quand venaient le soir et l'heure de la lecture, elle époussetait les trois livres avec vénération, allumait une deuxième lampe à kérosène et posait le tout sur la petite table. C'était ainsi à chaque départ et à chaque retour.

Un jour, mon père n'était pas là à l'heure dite. La soupe était sur le feu. J'étais chez le vieux Gédéon avec Anne. Anaëlle était venue me chercher. Un jeune homme l'accompagnait. Je devais partir avec eux. Mon père avait eu un malaise et souffrait d'une forte fièvre, dans une maison de paysans, à quelques kilomètres du village le plus proche du nôtre. Il n'était pas encore en état de faire le voyage. Les parents du jeune homme l'avaient chargé de nous annoncer la nouvelle. Nous sommes allés tous les trois attendre une occasion sur la route principale. Nous avons attendu longtemps avant le passage d'un camion. Le chauffeur ne voulait pas faire le détour pour nous conduire jusqu'à la maison. Après notre descente du camion nous avons marché une heure. Quand nous sommes arrivés dans la maison des paysans, c'était déjà le soir. Une maisonnette sans voisins, deux pièces, un jardin n'appartenant à aucune localité. Il n'y avait qu'un lit. Mon père était couché dans ce lit, et la femme lui mettait une compresse sur le front. Il n'avait pas l'air bien avec sa compresse et son visage en sueur. J'ai cru qu'il était mort. Les paysans m'ont rassuré en me disant qu'il se reposait ; ce devait être une mauvaise fièvre, attrapée dans les marécages, que des tisanes et le repos allaient bientôt guérir. Ou un coup de sang. Avant de se retirer avec leur fils dans l'autre pièce, ils nous avaient donné une natte et une chaise, une cruche d'eau fraîche et quelques fruits, tout ce qu'ils avaient pour accueillir des visiteurs. J'ai laissé la natte à ma mère et je me suis installé sur la chaise pour veiller le malade. Au milieu de la nuit, mon père s'est réveillé. Il ne semblait pas heureux de nous voir. Il s'énervait et nous encourageait à repartir le plus tôt possible le lendemain. Il se débrouillerait pour nous rejoindre dans l'après-midi, se sentait déjà mieux, le pire était passé. Anaëlle ne voulait rien entendre, nous allions rester avec lui et repartirions tous ensemble. Quand Anaëlle lui a demandé où était sa valise, la fièvre a augmenté soudainement et il s'est rendormi. Ma mère ne pouvait pas voir son visage. Moi, je voyais qu'il ne parvenait pas à se rendormir et paraissait désormais plus en colère que mal en point. A l'aube, je suis sorti pour me dégourdir les jambes. Les paysans avaient préparé le café, et j'ai bu une tasse avec eux. Je leur ai demandé ce qui était arrivé à mon père. Ils étaient gênés et répondaient avec des phrases qui ne voulaient rien dire. Ils faisaient des affaires avec mon père, ils lui devaient de le soigner, pour le reste cela ne les concernait pas. Anaëlle nous a rejoints. Malgré les efforts du couple pour la décourager, elle voulait que j'aille au village d'où revenait mon père, m'informer de ce qui était arrivé à la valise. A contrecœur les paysans ont dit à leur fils : Joseph, conduis-le jusqu'au village. Tout le long de la route, il tentait de me convaincre que ce n'était pas la peine de continuer. Nous devions oublier la valise, et mon père devait avoir gagné assez de commissions pour s'acheter d'autres vêtements. Je souhaitais continuer. Cette valise, Anaëlle l'avait achetée au marché avec son argent à elle. Elle l'avait choisie pour sa solidité. C'était un cadeau. Résigné, il a dit : Allons-y. Nous sommes entrés dans le village. Il est allé droit à une maison, vers le centre, pas loin de l'église et de l'hôtel communal. C'était une localité semblable à la nôtre, juste un peu plus petite. Comme chez nous, tôt le matin tous étaient déjà debout. Cela sentait la terre et le café, comme chez nous. Comme chez nous les murs de l'école communale n'étaient pas peints. Tout le monde semblait se connaître et les gens s'arrêtaient et se parlaient dans la rue, comme chez nous. Joseph m'a laissé devant la maison, en me disant que la valise se trouvait là. A l'intérieur des femmes pleuraient. Des hommes s'activaient. On installait des chaises. Dans un coin, on préparait de la nourriture en grande quantité. On faisait ainsi chez nous quand il y avait un mort. Occupés à leurs préparatifs, les gens ont mis du temps à remarquer ma présence et me demander qui j'étais. Je venais chercher la valise de mon père. Joseph m'avait conduit ici, sans me dire pourquoi. Il y eut un moment de silence, et un homme a crié que si je n'avais pas été un enfant il m'aurait tranché la tête avec sa machette. Une femme est sortie. Elle pleurait. Ce n'étaient pas des larmes comme celles des pleureuses qui soutiennent les douleurs qui ne sont pas les leurs. Elles me rappelaient les larmes d'Anaëlle quand je m'étais cassé le bras. Mais en plus fort. Anaëlle pleurait une chose réparable. Là, quelque chose s'était cassé, et la cassure était irréparable. La femme tenait la valise de métal. Elle me l'a tendue et elle est retournée à l'intérieur de la maison. Je suis reparti. L'homme qui m'avait menacé brandissait une machette. D'autres retenaient son bras. Tout le monde criait. Joseph m'attendait au bout de la rue. La femme n'avait rien dit, mais tous avaient parlé pour elle. Des cris. Des injures. Des soupirs. Des maximes. En particulier, l'homme qui m'aurait coupé la tête avec sa machette si j'avais atteint l'âge adulte. Un enfant était mort. Un garçon. Le fils d'Inette. Pas une coureuse, Inette, une femme que tous respectent. Il aurait eu six ans s'il avait vécu jusqu'à la prochaine saison des pluies. Le père, c'est cet agent de commerce qui vient toutes les trois semaines depuis bientôt sept ans négocier leur récolte aux paysans pour tout revendre sur Port-au-Prince. Un salaud. Il vient, il s'installe, il mange la soupe, joue aux dominos, engrosse une femme, passe ses après-midi à ne rien faire qu'à boire du thé et du café sous la galerie, en chemisette, prend le bonjour de chacun, se présente comme un être humain et se fait accepter par tous. Inette n'est pas une coureuse, et on n'aime pas les étrangers. Mais quel beau parleur, cet agent de commerce ! Il avait imploré, supplié, promis. Inette avait cédé, acceptant de ne voir son homme que quelques jours par mois et sans jamais en prendre un autre. Le garçon ressemblait à son père. Quand il a commencé à vomir, l'agent avait promis d'envoyer de l'argent, l'argent n'était jamais venu. Quand l'enfant avait continué à vomir, l'agent avait promis de le conduire lui-même à l'hôpital de la grande ville, le garçon n'était jamais allé à l'hôpital. Inette avait consulté le bokor. Ce n'était pas une maladie naturelle, l'agent le savait, voilà pourquoi il n'avait rien fait. Le coupable pouvait être un paysan trompé par la ruse de l'agent ou encore sa femme, celle au profit de laquelle il avait signé un acte civil, dans un autre village. Et voilà, l'enfant était mort et le monde est méchant. Cela s'est passé hier. En présence de l'agent. Il a prétexté un malaise et on l'a vu disparaître à la sortie du village. L'épouse, elle a le droit d'être vexée mais, si elle voulait s'en prendre à quelqu'un, elle aurait dû couper les couilles à son mari, mais pas tuer le petit. Moi, je vous le dis, ce n'est pas une maladie naturelle. Le petit, il était solide. Les enfants, ils meurent pas comme ça…

J'ai compris que cette femme c'était Anaëlle. Je suis allé la trouver et je lui ai tout raconté. Elle n'a pas pleuré. Mon père était bête. Anaëlle aurait accepté tout et n'importe quoi pour le titre d'épouse et la fierté d'avoir un érudit à sa disposition. Elle aimait le mariage.

Les paysans ont confirmé que tout était vrai jusqu'à la mort de l'enfant. Le reste, ce n'était pas leurs affaires. Anaëlle m'a demandé quand auraient lieu les funérailles. Le lendemain, ai-je dit, mais je n'étais pas sûr. Elle a vérifié ce détail auprès des paysans. Puis elle m'a donné l'argent pour un aller-retour. Je devais rapporter le complet de mon père, celui qu'il ne portait que pour les grandes occasions, et ses bonnes chaussures. J'ai fait vite. Aussi vite que je pouvais. Mon père a joué le mort toute la journée. Anaëlle l'a soigné comme si de rien n'était. Mais le soir elle m'a laissé la natte et elle s'est installée sur la chaise. Je voyais son visage qui regardait mon père. Ce n'était pas de l'admiration. A l'aube, c'est elle qui m'a réveillé. Nous allions partir. Mais avant il fallait prendre soin de mon père qui continuait à jouer le mort. Elle a demandé de l'eau et du savon au couple. Nous avons lavé le corps de mon père. Puis elle m'a demandé de l'aider à l'habiller. Une

chemise blanche, des souliers propres, et le complet des grandes occasions. Quand Anaëlle a commencé à lui enfiler la chemise, mon père est
ressuscité. Anaëlle a dit que le complet était dans
la valise et que s'il se sentait en forme il pouvait
s'habiller tout seul. Vite. Pour assister à la cérémonie. "On m'a déjà accusée d'avoir tué un enfant, je
ne veux pas qu'on m'accuse de t'avoir empêché
d'assister à ses funérailles."

Voilà comment j'ai su que j'avais eu un frère. J'aurais pu lui apprendre à nager, jouer pour lui sur mes cordes neuves. Je n'ai jamais pu mettre un visage sur son prénom. Nous avions été tous les deux les victimes d'un vol. Je ne volerais personne, personne ne me volerait plus rien. J'ai décidé que je ne serais ni le frère, ni le fils, ni l'oncle de personne. J'ai fait mes adieux dans ma tête. A ce frère inconnu dont la mort m'était devenue insupportable. A mon père et à Anaëlle. A mon père avec ses trois livres et ses mensonges. A Anaëlle avec sa soupe et sa dignité de vaincue. A mon village. Avec son maire inutile. Ses joueurs de dominos et de bésigue. Ses clôtures de cactus et de bayahondes. Ses vieux qui se racontent depuis toujours les mêmes histoires. Ses jeunes qui reprennent les histoires des vieux. Naissent vieux. Meurent vieux. A ses danses. A ses tambours. A tous les villages de la terre qui ressemblaient au mien, avec leurs manieurs de machette et leurs veillées mortuaires. Avec leurs danses et leurs tambours. Avec les maladies qui tuent les enfants. Les mensonges aussi. J'ai fait mes adieux à Anne qui rêvait d'être institutrice et d'une vie à deux sans bouger de ce lieu. Anne qui était prête à devenir Anaëlle. Anne qui ne souffrait pas de l'attrait de l'ailleurs, mais souffrirait bientôt du mensonge de l'homme qui a besoin d'espace. On ne peut que mentir. Autant mentir à des inconnus. Quand on ment à des inconnus, ça cesse d'être un mensonge pour devenir une invention.

Quand j'ai pris la décision de partir, j'ai fait part de mon intention au vieux Gédéon. C'était peu de temps avant sa mort. J'avais pris l'habitude de passer des heures dans le petit cimetière. Anne m'y rejoignait parfois. Nous imaginions des vies aux morts dont nous lisions les noms sur les tombes. Ce n'étaient pas mes morts à moi. Les miens n'avaient pas de cimetière. Ce fou que la mer avait emporté. Et Ismaël, qui dormait dans un autre lieu. Ils n'avaient pas de visage, pas de réalité physique. J'imaginais une vie aux morts des autres pour rendre les miens moins fuyants. Après la mort du vieux, j'ai cessé de fréquenter le cimetière. Je n'ai pas pu assister à ses funérailles et je suis parti quelques jours plus tard, ne gardant du village que la guitare qu'il m'avait offerte. Et, malgré moi, l'image et la voix d'Anne murmurant : *Dieutor, mon Dieutor.* J'ai aimé le vieux Gédéon. C'est le seul vrai donneur qu'il m'a été accordé de fréquenter. Je ne savais pas, pour la maison. Elle était pourrie, mais elle m'était ouverte. D'une certaine façon, il me l'avait déjà donnée. On n'y cultivait pas le mensonge. Le vieux pratiquait l'art de la gratuité et ses mots ne mentaient jamais. Anne aussi vivait ce qu'elle disait. Elle y tenait à son Dieutor, mais c'était une présence sans rêve, la chronique d'un petit destin annoncé. Je deviendrais mon père, elle serait

Anaëlle. J'ai profité de sa présence. Au fond, le seul menteur qui fréquentait la maison du vieux, c'était moi. Quand j'ai parlé au vieux de mon besoin de partir, sans m'encourager il m'a remercié de lui confier ma seule vérité du moment. Il m'a conseillé, si je partais, de faire des études de droit : Tu as l'esprit de synthèse et tu sais bien argumenter. Et puis c'est un métier de comédien qui t'aidera à donner le change. Des études de droit. C'est ce que j'ai fait. J'y suis arrivé. Tout seul. Il m'avait dit aussi que tout comédien enlève un jour son masque et devient, ce faisant, étranger à lui-même. C'est ce que je découvre.

Le jour qui suit ta première nuit sur le canapé, à ton réveil, je t'ai demandé ce que tu me voulais. Je jouais à l'homme pressé pour que tu comprennes que tu devais partir. Tu parlais très vite et je n'arrivais pas à t'interrompre. *Sorry*, Charlie. Je te voyais pour la première fois. Je ne pouvais pas savoir que lorsque les mots te venaient, par rafales, en cascade, personne ne pouvait en ralentir le flux. Et encore moins que, lorsque tu avais décidé de garder le silence, ni rien ni personne ne pouvait t'arracher un seul mot.

CHARLIE

En tonnes, vous m'entendez, en tonnes,
* je vous arracherai*
Ce que vous m'avez refusé en gram-
* mes !*

HENRI MICHAUX

Sorry. Ce sont les vieux principes qui m'ont amené vers toi. Avant de me laisser dans la soutane du père Edmond, ma mère me racontait des histoires. Ses histoires, c'était comme des vacances à la campagne, avec un tas de vieux principes. Personne n'aime la campagne, sauf pour les vacances et pour les vieux principes. Sinon les gens ils y resteraient. Le père Edmond, il critique souvent les "inconscients" qui viennent de la campagne sans savoir ce qu'ils vont trouver ici à Port-au-Prince, et qui construisent des maisons dans la boue, avec de la boue, mangent dans la boue, dorment dans la boue, font des enfants dans la boue au milieu des porcs et des poules qui pataugent aussi dans la boue. Mais lui aussi il est venu de la campagne. Enfin, pas de la campagne. De la province. Comme toi. Mais, pour moi, c'est un peu la même chose. La province, la campagne, c'est des mots sur lesquels on n'arrive pas toujours à mettre des images. L'étranger, c'est pas sûr, mais on a des idées. Quand la télé fonctionne, on regarde les films. Alors, on voit les routes, les ponts et les immeubles. Mais la campagne, au Centre, on ne connaît pas bien. On sait que c'est un lieu où personne ne veut vivre. Toi, moi, le père Edmond. Même les oiseaux. Filidor, il vient de la campagne, et il parle rarement des oiseaux. Je reconnais que le père Edmond, c'est spécial. Lui savait ce qu'il était venu chercher ici : une raison de vivre coupée en deux morceaux. La première moitié, c'est Dieu. La deuxième, des enfants à sauver de la rue et de la pauvreté. Dieu, on peut dire qu'il l'a trouvé. Ce n'est pas la foi qui lui manque quand il nous parle des trois vertus, des anges gardiens et des voies du Seigneur. Quant aux enfants à sauver, pas besoin de chercher loin. Y en a tant qu'il faudrait une armée de prêtres grosse comme une foule de carnaval pour les sortir tous de la rue. Le père Edmond, côté quête personnelle, il se débrouille bien, grâce à Dieu. Remarque, pour ce que je vois, toi aussi tu t'es bien débrouillé. Belle maison. Beau tout. *Sorry*. Pour Dieutor, elles savaient pas, hein, tes collègues ? Excuse-moi, je ne voulais pas casser ton image, surtout au cas où t'aurais les yeux sur l'une d'entre elles. Ou sur les deux. C'est vrai que Dieutor, ça va pas avec "monsieur" ni avec "maître". C'est comme si on mettait un smoking à une vache. On joue à ce jeu, au Centre : mettre ensemble des mots qui se ressemblent pas. Un smoking, on sait ce que c'est. On l'a vu à la télé. James Bond, il en porte un, même au cœur de l'action. Mais la campagne… *Sorry*. C'est comme une femme que personne n'aime. Comme la sœur de Nathanaël qui vit toute seule dans une pièce toute pourrie. A la radio, quand tout le monde voudrait écouter de la musique, y en a qui prêchent le retour au "pays profond" et récitent des poèmes pour célébrer la terre, mais eux-mêmes ne prennent pas leur blabla au sérieux. Sinon ils créeraient l'événement en invitant la presse à suivre la caravane de leur retour au charbon de bois, aux toits de paille et à l'eau de source. S'il coule encore des sources. Filidor, qui vient de la campagne, nous parle des mangues vertes, du tuf et de chemins de pierre, mais il cause pas tellement des sources. Filidor, c'est la moitié d'un couple. Au Centre, on les appelle les commères. Les commères, c'est mes amis, avec Nathanaël. On a fait plein de choses ensemble. On avait prévu de continuer encore deux ans, mais Nathanaël, sa tête travaille en permanence à chercher de nouvelles idées. A force de chercher, il a fini par en trouver qui font pas nos affaires, et il a tout le temps des maux de tête.

Sorry. Comme je t'ai dit, un oncle de ma mère, un Gédéon, lui avait parlé d'un Dieutor, un garçon de son village auquel, en cas de besoin, elle pouvait faire confiance. Ma mère, elle croyait tout ce qu'on lui disait. Surtout les choses qui datent d'avant ma naissance. Après ma naissance, elle était quand même un peu moins crédule qu'avant. Juste un peu. Croire tout ce qu'on lui disait, c'était son vice. J'avais cinq ans. Elle recevait souvent des types, ils promettaient de revenir et ils ne revenaient pas. Elle passait son temps à attendre. Puis y en a un qui lui a offert un voyage clandestin aux Bahamas pour s'installer avec elle et inventer une nouvelle vie, elle l'a cru et elle m'a amené au père Edmond. Le type a promis qu'une fois qu'ils seraient installés là-bas et auraient un revenu, ils m'enverraient de l'argent et des vêtements de qualité. Je ne pense pas qu'elle soit allée bien loin. En tout cas, je n'ai jamais rien reçu. Ni chemises, ni billets verts. Selon elle, son oncle Gédéon, pas vraiment un oncle, l'oncle d'un cousin ou d'un oncle, quelque chose comme ça, était un homme de parole. S'il lui recommandait quelqu'un, ce devait être aussi un homme de parole. Quand les problèmes se sont mis à tomber sur nous, le père Edmond a dit qu'il ne pouvait plus nous loger, il devait protéger les autres et son institution. Je lui ai demandé d'entreprendre des recherches au cas où il existerait, le Dieutor de ma mère. Alors, au nom du Père et du Fils et du Saint-Esprit, en leur demandant pardon quand même, vu qu'il n'était pas certain d'accomplir une bonne action, le curé m'a aidé à te retrouver. *Sorry.* Moi, je ne connais pas d'adultes à part le père Edmond et les types qui nous font la classe. Si on peut appeler ça une classe. Ils nous répètent seulement qu'on est des bons à rien, mais ça, on le sait déjà. Il n'y a que Gino pour réussir avec les chiffres. Il parvient à résoudre tous les problèmes. Tant de poules, tant de grains, prix d'achat et prix de revient, Gino, il calcule sans erreurs les pertes et les profits. Peu importe que les choses existent seulement dans les pages des manuels ou pour de vrai, là où ça a de l'importance, Gino est le champion des quatre opérations. Nathanaël, lui, il lit beaucoup. Nous, en majorité, on s'en fout. Et les maîtres ils passent leur temps à gueuler, surtout lorsque le père Edmond a du mal à trouver l'argent et les paye avec du retard. De toutes les façons c'est pas à eux que j'irais confier mes problèmes. Ils doivent bien en avoir assez des leurs. Et notre argent, ils seraient capables de le voler. J'ai préféré tenter ma chance avec un inconnu. Au nom des vieux principes. Bon. Honnêtement, je m'attendais à un homme au crâne dégarni comme une montagne pelée, avec des dents écartées et des manières qui sentent la terre. Une sorte de père Edmond sans soutane mais au service de plusieurs dieux. Un pour chaque chose qui existe. Filidor, qui vient tout frais de la Grande Anse, dit que sur chaque pouce de campagne il rôde une armée d'"invisibles". Dans sa famille déjà il en règne au moins deux. Sa mère servait un dieu, son père un autre, et chaque dieu faisait des misères au serviteur de son rival. Filidor, il aurait dû naître trois ans plus tôt. Trois fois la mère a fait fausse couche. Le père et la mère ils ont consenti à une sorte d'entente pour la paix, ils se sont mis d'accord pour servir les deux dieux, et ça a marché. L'enfant est né. Cependant, Filidor, il est chétif comme on n'a pas le droit. Et il a commencé à vouloir courir avant même de savoir marcher. Tout petit il fuyait tout le temps, comme quelqu'un qui a toujours peur. Ses parents craignaient pour sa vie. On peut comprendre leur inquiétude. Qui peut dire si la paix des dieux, c'est parti pour durer longtemps ! Par précaution, ils l'ont envoyé à Port-au-Prince, chez une cousine de sa mère. Il n'y est pas resté longtemps. Chaque petit malheur qui frappait la maison, un repas trop cuit, une gouttière au plafond, c'était la faute à Filidor, tout frais venu de la campagne avec son corps fragile et la colère des dieux qui se battent dans sa tête. Un matin, Filidor est parti, en courant, acheter le pain du jour et il n'est pas revenu. Il a couru jusqu'au bout de la fatigue. Une bonne âme l'a trouvé qui dormait dans un caniveau et l'a conduit au centre d'accueil. Quand elle a su où il était, la cousine de sa mère est venue le chercher. Elle réclamait de l'argent sous prétexte que le père Edmond avait kidnappé son parent. Une sacrée guerre de mots. La femme qui réclame de l'argent. Le père Edmond menaçant de la dénoncer au service social. La femme qui crie au père Edmond qu'il faut rendre l'enfant de la terre aux esprits de la terre. Sinon l'enfant deviendra fou et développera un vice quelconque. Et le père Edmond répliquant qu'il n'existe qu'un dieu et que l'enfant, maintenant, habite en sa demeure. La femme, elle ne souhaitait pas vraiment que le petit revienne lui causer des emmerdes et attirer sur son homme et ses enfants à elle d'autres malédictions, elle a signé pour qu'il passe pour orphelin, et elle est partie. Filidor, il nous a confié que, chez la cousine de sa mère, on le réveillait à l'aube pour aller chercher l'eau, acheter le pain, allumer le feu, et qu'il en avait marre de servir d'esclave domestique. Il est parti de la maison en courant pour trouver un refuge où il aurait le droit de dormir plus longtemps. La rue, c'était pas mal. Au fond, Filidor il est venu au Centre par manque de sommeil. Mais il y croit fort à ses dieux qui peuplent la campagne. Y en aurait qui vivraient sous l'eau et d'autres qui se cachent dans les arbres. Il a essayé de leur échapper. Un seul, c'est quand même plus simple. Le père Edmond poussait sur la croyance et nous vantait les avantages de la sainte communion. Filidor, il a tenté sa chance et il s'est mis à parler comme un chrétien. Ça n'a pas duré longtemps. Chaque soir il faisait le même rêve. Son père le poursuivait avec des pierres. Il dégringolait une colline à toute vitesse, mais les pierres couraient plus vite que lui. Chaque nuit il se réveillait en hurlant, et même la tendresse de Gino ne parvenait pas à l'apaiser. Au bout d'un mois, il a abandonné cette fantaisie d'un dieu unique. Et il a rêvé que son père et sa mère lui lavaient la tête dans l'eau claire d'une source. C'est étrange, parce que cette source, il ne l'a jamais vue qu'en rêve. Les sources, dans la réalité il en coule pas beaucoup, mais les dieux, pour y croire, au Centre y a pas que Gino. Le père Edmond, il a beau augmenter jusqu'à l'indigestion la dose de catéchèse, personne ne peut savoir comment les dieux de la campagne finissent par envahir le Centre et inquiéter les pensionnaires. Nathanaël, il s'en fout de l'éternelle rivalité entre les "invisibles". Nathanaël n'a peur de rien. Surtout pas des esprits. Ni le Dieu d'Israël ni les lwas du vodou n'arrivent à l'effrayer. Au Centre comme dans la rue, la vie, tout ce qu'on voit et qu'on entend, même les choses qu'on voit pas, tout nous apprend à avoir peur. Le matin, au réveil, on a déjà peur et l'on se demande ce qui suivra le chant du coq et les klaxons. Et le soir c'est pareil, on a du mal à s'endormir parce qu'on a peur du lendemain. Nathanaël, c'est pas la peur qui lui enlève le sommeil. S'il ne dort pas beaucoup, c'est parce qu'il travaille de la tête à chercher des idées nouvelles. Je sais pas où il est allé chercher cette force. Pas chez sa sœur, qui marche toujours la tête baissée. C'est un leader, un vrai chef qui n'a pas de chef, et toujours disponible pour te rendre un service. Un aîné te fait des misères, Nathanaël s'en vient et lui met une raclée. T'as besoin de sous pour acheter une paire de baskets, Nathanaël les emprunte à un camarade et te les prête. Moi, je suis devenu son meilleur copain. Mais aujourd'hui ça ne se passe pas bien entre nous. On a pris rendez-vous pour régler notre affaire. Dans une semaine, jour pour jour. Comme je savais pas que faire ni où aller en attendant, je suis venu te voir, au nom des vieux principes. *Sorry.* Moi je cherchais un paysan. Et me voici avec un type en costard qui fait le beau devant des femmes aux lèvres pincées. Si tu ne veux pas m'écouter, tu peux me dire de partir et je m'en vais. T'es pas obligé. Personne n'est obligé de faire quoi que ce soit. Nous, on est pour les droits des autres. Nathanaël, il a changé. Il parle tout le temps des droits des autres, mais pas dans le même sens qu'avant. Avant, nous on pensait : Chacun fait comme il veut, et les autres, ils n'ont rien à dire. Maintenant, Nathanaël, il complique les choses et parle tout le temps d'égalité. Il a changé avec le temps et surtout depuis qu'il fréquente cette jeune fille qu'il suivrait n'importe où et qui veut pas de lui. Elle veut pas de lui. Je le sais. Ils préparent des plans et discutent tout le temps des façons de changer le monde, mais ils ne font pas l'amour. Nathanaël, il voudrait bien le faire enfin avec une vraie fille, mais elle veut pas, et le rejet, ça fait que Nathanaël, il a tout le temps l'esprit en colère. Je le comprends. Personne lui a jamais rien donné, alors que lui... Une fois, alors qu'on menait une opération dans une maison de Montagne Noire, on avait déjà pris l'argent et quelques bijoux de valeur, on s'en allait tranquilles cacher notre butin quand deux dogues ont sauté à la gorge de Gino. Gino, c'est la plus futée des commères. Il nous sert d'éclaireur, et c'est rare qu'il se trompe. En général, s'il dit qu'une maison est vide, c'est qu'elle l'est. Sur ce coup, les chiens ont été meilleurs que lui. Ces chiens de riches, c'est sûr, ils font pas comme les autres. Dans les quartiers pauvres les chiens se mettent à aboyer au passage d'une souris, mais il suffit de faire semblant de leur lancer une pierre et ils prennent la fuite en pleurant. Dans les quartiers pauvres, les chiens font, comme les gens, beaucoup de bruit pour rien. A Montagne Noire, c'est pas pareil. Les chiens, ils ont pas faim et ils attaquent par cruauté. Il semble qu'il y en a même qui dévorent leurs propriétaires s'ils ne rapportent pas du supermarché la nourriture qu'ils préfèrent. Dans cette maison, nous avons pris l'argent, les bijoux. Pendant tout ce temps ils devaient être à l'affût à se demander lequel d'entre nous ils allaient dévorer le premier. Nous avons sauté par la fenêtre. Nous traversions la cour. Gino marchait devant, en direction du mur. Quelque chose, une masse noire, lui est tombé dessus, le maintenait au sol. Il hurlait. Le deuxième chien m'a pris une jambe. J'ai senti ses crocs s'enfoncer très loin dans ma chair. Puis les dents ont lâché. Nathanaël lui avait planté un couteau dans le flanc. Filidor lançait des pierres au chien qui maintenait Gino au sol. Filidor, il aime Gino plus que tout, et il pleurait en lançant les pierres. Mais, pour ces chiens-là, c'est pas des pierres qu'il faut, c'est des blocs. Nathanaël s'est approché du chien, il l'a pris par les deux côtés du cou en tirant fort la peau, il a tourné sur lui-même, une fois, deux fois, trois fois. Avec le chien, ils formaient comme une grande toupie, et il a lancé le chien contre le mur, la tête en avant. La bête est retombée, sans force, et Filidor lui a écrasé le crâne en frappant plusieurs fois avec une grosse pierre. Gino, il n'allait pas bien. Nous ne pouvions pas le conduire à l'hôpital. Nous sommes rentrés au Centre. Il a passé la nuit à souffrir en silence. Moi, c'était rien. Juste deux petits trous. A l'aube, nous sommes sortis de nouveau en cachant les blessures de Gino et en nous arrangeant pour que les autres nous voient sortir. On riait. On faisait semblant d'être contents. Gino, il a du courage. Il a marché comme si de rien n'était jusqu'à la sortie du Centre. Dehors il s'est effondré. Nous l'avons porté quelques mètres et avons attendu une demi-heure avant de rentrer en criant qu'un des chiens fous du voisinage l'avait attaqué. Le père Edmond, il nous a crus, ou il a fait semblant. Avec lui, on peut pas savoir. Il désire tellement être bon qu'il avale n'importe quoi. *Sorry.* Je te dis les choses en désordre. C'est à cause de l'histoire des chiens. Une fois, sur un autre coup, Gino s'est lié avec la bonne. Y avait un chien. La bonne, elle pouvait pas parler au chien. Son propriétaire, un super-technicien revenu de l'étranger, ne parlait qu'allemand à son chien. La bête, elle était sourde à toutes les autres langues. Nous lui avons acheté de la saucisse allemande. La bonne, ça l'a fait rire. Elle aimait bien Gino et voulait l'initier aux choses de la vie pour fêter ses treize ans. Mais lui n'aime pas les femmes. *Sorry.* Le chien, c'est la seule fois que nous avons tué. Les quatre ensemble. Nathanaël, je sais qu'il n'a pas tué qu'un chien. Ça doit pas l'aider, pour les maux de tête. *Sorry.* C'était si simple avant. Verser le sang, c'était pas dans nos prévisions. T'es pas obligé de m'écouter. Si tu acceptes, après, nous, on pourra pas faire comme si tu savais pas. Nathanaël, il n'acceptera pas. Donc, si tu m'écoutes, on partage les risques. Moi, de me retrouver en prison, dénoncé par un lâche qui respecte pas les vieux principes. Toi, de perdre ton costard et tes belles manières. Complicité. Recel. Je crois que c'est ainsi qu'on dit ça dans ta langue.

Je parle beaucoup. *Sorry.* C'est une manie qui vient du Centre. Nous parlons tous beaucoup. Surtout entre nous. Avec les adultes, c'est plus difficile. Le père Edmond, il veut notre bien, "le bien de l'enfant c'est une famille", et il nous enseigne à parler aux adultes, même aux inconnus, surtout aux inconnus, du ton de qui éprouve une reconnaissance éternelle pour une dette d'amour qu'il finira jamais de payer. Le père Edmond, il cherche tous les jours des preneurs pour nous inventer des familles. Chaque personne qui visite le Centre devient un parent potentiel, et nous on doit faire bonne figure. Vu que nos géniteurs nous ont abandonnés, je suppose que les gens nous considèrent comme des miraculés et se félicitent, au nom de la société, d'avoir participé au miracle collectif, même quand ils n'ont rien fait pour nous. Ça doit être pareil pour les réfugiés, quand ils arrivent dans un pays et qu'on leur ouvre la frontière. Quand on est les fils de personne ou qu'on n'a plus de pays, faut toujours s'excuser de se trouver là où on se trouve ou tout simplement d'être en vie. Avec les adultes, nous, on cause pas beaucoup. Ceux qui comptent sur les autres pour s'en aller un jour du Centre baissent la tête et font les gentils petits toutous. Mais nous, on se cherche pas de parents. On compte sur nos propres forces et on a presque réussi. Mais Nathanaël a changé et je sais pas ce qui va se passer. *Sorry*. Mais je t'ai dit. On parle beaucoup au Centre. C'est notre drogue. Ça guérit certaines maladies, au moins pour un temps. Il y a trois ans, un major déprimait. Les majors, ce sont les plus âgés. Ils sont censés veiller sur les plus jeunes et nous donner le bon exemple. En réalité, c'est nous qui veillons sur eux. Quand ils savent qu'ils doivent partir, ils commencent à déprimer. Celui-là, il voulait vraiment pas s'en aller. Au fond de ses yeux, y avait écrit : suicide. Il avait presque atteint l'âge auquel le père Edmond nous guide vers la sortie, après un beau sermon et des tonnes de prières. Il ne disait plus mot, ne mangeait plus. Quand un pauvre refuse de manger alors que c'est gratuit, c'est que ça va vraiment mal. On s'est tous relayés pour lui parler tout le temps. On s'est mis à cinquante pour combattre sa déprime. On a gagné notre guerre de mots contre son envie de mourir. A la fin il riait et nous demandait d'arrêter de lui dire des sottises, mais on continuait à dire n'importe quoi et lui n'arrêtait pas de rire. Il a tenu comme ça un mois. A sa sortie, il n'a trouvé personne pour lui dire des bêtises et le forcer à rire. Il s'est coupé les tripes avec une bonne mesure d'acide. C'est le silence qui l'a tué. Nathanaël, avant il parlait autant que nous. Maintenant il reste parfois seul et il ne dit rien. J'aime pas ça. Si tout se concentre à l'intérieur, un jour ça finit par te péter les veines. Au Centre, même aux chiottes, ça parle tout le temps. La discussion continue sur le foot et la vie courante entre ceux qui font leurs besoins et prennent leur temps exprès, et les autres qui s'impatientent dans le couloir. Y a la vie dans les chiottes. Au Centre, c'est ainsi. Aux chiottes, ça vit beaucoup. La vie, elle a pas toujours bonne odeur. *Sorry*, c'est comme ça. Au Centre, y a des lieux qui sentent la vie et d'autres qui sentent la mort. La chapelle et la petite salle de lecture, c'est toujours propre et y a pas d'odeur, mais y a pas de vie non plus. Nathanaël ne va jamais à la chapelle, cependant il fréquente la salle de lecture. Je crois qu'il a tout lu. Remarque, y a pas beaucoup à lire et tous les livres vendent les mêmes choses. Y a la Bible, l'histoire sainte et les chants d'espérance, plus deux ou trois bandes dessinées, vieilles comme l'Antiquité, et quelques magazines auxquels manquent les pages de pub pour les voitures de luxe et les photos de femmes. Nathanaël, il y va souvent. Je sais que quelqu'un du dehors lui fournit de vrais livres qu'il cache au père Edmond. Ce doit être cette jeune fille qui fait partie d'un groupe. Il partage tout avec nous, sauf ses lectures et ses secrets avec son groupe. Je crois qu'ils font de la politique. *Sorry*, je te parlais des lieux de mort. De tous les lieux de mort, le pire, c'est le dortoir. Les petits qui vont mourir, on les repère tout de suite. Un ventre enflé, une grosse tête, et le reste du corps, rien que les os et la peau. Ou des yeux trop grands qui ne voient déjà rien, et des lèvres sèches comme un bonbon d'amidon à l'étal d'un commerce de rue au soleil de midi. En fait, ils ont l'air si mal en point qu'on se dit qu'ils sont déjà morts, c'est juste que la chose a pris un peu de retard avant de devenir officielle, le temps d'acheter le cercueil et de choisir la fosse commune. C'est aussi pour ce motif qu'avec les commères et Nathanaël, nous avons commencé à escalader le portail et à errer dans la nuit. Pour fuir l'odeur de mort qui plane sur le dortoir.

Sorry. C'est toujours dangereux d'écouter les histoires des autres. Tous les malheurs du monde viennent des histoires qu'on nous raconte. Le mieux c'est de se boucher les oreilles et de ne pas écouter. J'ai appris ça au centre d'accueil : nul ne raconte jamais pour rien. Chaque histoire que nous raconte le père Edmond propose une morale à la fin. Parfois y en a même deux qui courent en sens contraire. Le père Edmond, il nous raconte l'histoire de Jésus dans l'idée qu'on essaye de lui ressembler, puis il nous dit aussi que personne ne sera jamais comme Jésus. Jésus, quand on regarde, c'est comme Pelé ou Maradona, l'idée c'est d'essayer de jouer comme eux tout en sachant qu'on n'y arrivera jamais. C'est ce que disent ceux qui aiment le foot. Moi je n'aime pas le foot. Je peux pas dire que j'aime quelque chose. J'ai jamais eu le temps de choisir. Le père Edmond, il prend toutes les blagues au sérieux et il pense que j'ai fait un choix. Tous les mois, il fait son tour d'orphelinat en exigeant des pensionnaires le souhait d'un métier pour demain, pour pouvoir mener gentiment une petite vie de tous les jours ne faisant de mal à personne. Le père Edmond n'a que ces mots dans la bouche : humilité, droiture, les qualités avec lesquelles bâtir une vie de tous les jours qui n'emmerde pas les autres. Son modèle, c'est Joseph. Nous, on a balancé des demandes impossibles. On avait choisi, pour sortir du nombre, des métiers qui correspondent à des choses qui passent à la télé ou qu'on lit dans les magazines. Gino a dit aviateur. Filidor dompteur de lions. Moi j'ai dit guitare classique. J'avais lu ça dans un magazine et j'en avais marre d'entendre des choses banales du genre menuisier, contremaître. Et j'allais pas choisir, même si c'était pour jouer, un de ces métiers tristes qui font qu'on passe sa vie à ne penser qu'aux autres : instituteur ou protecteur des enfants pauvres. J'ai dit guitariste, pour aller un peu loin et créer du désordre. Mais le père Edmond, il est tellement perdu dans son idéal de bonté qu'il comprend mal l'humour. Il a répondu : Tout arrive avec l'aide de la Providence. Et il nous a raconté une histoire, pour illustrer la Providence. Y a toujours une maxime, une sorte d'attrape-nigaud caché derrière la trame de chaque histoire du père Edmond : une leçon sur la foi, l'espérance et la charité, ou l'instruction civique. Avec le temps c'était devenu tellement prévisible qu'avec Nathanaël et les deux commères, on n'écoutait plus vraiment. De toutes les façons, à l'exercice d'étude de texte, y avait peu de chances de se tromper, il suffisait de situer le peu que l'on avait retenu sur la ligne de partage entre la faiblesse humaine et la bonté divine pour passer pour un bon garçon. Aux yeux du père Edmond, nous étions tous des bons garçons, même les deux commères qui ont commencé à se faire des câlins dans tous les coins du Centre depuis qu'elles sont toutes petites. C'est la règle de se battre pour essayer ses forces, en changeant chaque jour d'adversaire. Nathanaël, il doit avoir cassé la gueule à la moitié de l'orphelinat. Les commères ne se sont jamais battues que l'une contre l'autre. Filidor, il vient de la province. Le caniveau c'est un accident, pas son origine. Quand quelqu'un lui cherche querelle, il ne fait pas face, il se met à courir, impossible de le rattraper. Sauf Gino. Gino l'attrapait et c'était l'empoignade. On croyait que Gino ne lui pardonnait pas de n'être pas comme nous, par une sorte de racisme, et se vexait de l'avoir comme voisin au dortoir. Leurs bagarres duraient des heures, elles se roulaient par terre, et il fallait se mettre à plusieurs pour sortir l'une des bras de l'autre. Mais c'étaient pas des combats, plutôt des étreintes, leurs baffes étaient trop tendres et leurs prises trop molles. Pas de blessures, pas de couteaux, alors on s'est méfiés. Et puis, même dans les grands espaces, elles restaient collées l'une à l'autre. Quand on a enfin compris que c'était une histoire d'amour, pour casser le fil on a décidé de leur faire des misères. C'est là que j'ai commencé à apprécier Nathanaël. Il a été le premier à prendre leur parti. Il a dit qu'il n'y avait pas suffisamment d'amour dans le monde, il faut tout prendre là où ça se trouve, alors vous leur foutez la paix. On était encore petits et les majors n'appréciaient pas qu'un cadet en culottes courtes vienne leur faire la leçon. Nathanaël, il a fait face. Tout seul. Moi j'ai suivi longtemps après. La cause était déjà gagnée, mais il vaut mieux tard que jamais. On est devenus depuis ce temps la bande des quatre du centre d'accueil. On a commencé à parler entre nous de la vie, du Centre, du père Edmond, de la rue. Et du reste. Nathanaël, il était le leader. Il n'a pas abusé et chacun avait son mot à dire sur tout. C'est Filidor qui a parlé le premier de sortir la nuit, pour voir dehors. Dehors, nous on connaissait, vu qu'on y avait passé beaucoup de temps. Mais on n'a pas refusé. Nous avions onze ans quand on a commencé à sortir la nuit. Pour rien. Comme ça. A l'extérieur, y a plus de place. Le vent. La pluie. Les bruits de la nuit. Plus d'odeurs. Un soir, nous nous sommes assis sur les marches à l'entrée du ciné Paramount, celui qui est fermé. On peut voir les affiches des films d'il y a longtemps. En regardant une affiche, *L'Etoile du Nord*, je crois, Nathanaël nous a dit que l'affiche l'avait inspiré. Qu'il avait un plan et que, si on le suivait, on trouverait les moyens de s'acheter une étoile.

C'est tout simple. Qu'est-ce qui fait la différence entre les gens ? L'argent. Avec l'argent tu t'achètes ce que tu veux. Même si t'es un enfant, avec l'argent tu as plus de pouvoir qu'un adulte. La marmaille qui fréquente les écoles étrangères, elle a plus de pouvoir que les chauffeurs et les agents de sécurité qui sont là pour la protéger. Le chauffeur, il peut pas dire : Arrêtons-nous, je veux m'acheter une glace ou une pizza. Mais les gosses ils peuvent dire ça, et en offrir une au chauffeur pour payer l'arrêt imprévu. L'argent, nous en voulions pour le mettre de côté et décider après. Sur l'avenir, on jetait des idées comme ça : une maison à nous quatre, avec une chambre pour les commères, une pour Nathanaël, une pour moi et plein d'autres pour les amis ; prêter de l'argent à intérêt et vivre de nos bénéfices ; ou aller chacun de son côté avec sa part, décider seul de son étoile. Filidor, il n'a pas de souhait, du moment qu'il a son Gino et un menu dans lequel y aura tout moins le blé et la patate. Il dit que toute sa vie il a mangé du blé et des patates, lorsqu'il sortira il mangera autre chose, n'importe quoi, mais s'il vous plaît jamais plus de blé ni de patates. L'étoile, c'est une image pour illustrer un rêve. L'image, elle prendra corps plus tard. Mais ce qui est sûr, c'est que c'est pas un vrai crime, juste une précaution pour l'avenir. Pour ne pas avoir à devenir des bêtes plus tard. Le but c'est d'être prêt pour se faire un chemin. A seize ans, le père Edmond a épuisé la part de l'argent du bon Dieu qui t'était réservée, et tu dois t'en aller. Le père Edmond, il essaye de trouver des ateliers où placer les sortants. Mais y a plus d'ateliers. Une fois un type est venu pour nous apprendre à réparer les chaussures, un autre pour enseigner l'art de coudre les matelas. Tout le temps qu'ils étaient là, on n'a pas cessé de faire du chahut. Ils sont partis avec leurs aiguilles et leurs pots de colle. La colle, aujourd'hui les gamins la reniflent et elle les envoie au paradis avant de leur péter le cerveau. Nous on voulait pas de ce paradis-là, pas d'une étoile de quelques heures. Ni colle, ni mendicité, ni atelier qui n'existe pas. On connaît les belles vies des majors quand ils sortent. Ceux qui ont avalé les bonnes blagues du père Edmond, ils se prennent vraiment pour Joseph et se cherchent une Marie pour fonder un foyer. Mais un Joseph sans outils et une Marie que la misère enlaidit et rend de plus en plus jalouse, ça fait des tas de petits Jésus tous préposés au chemin de croix. Alors le Joseph, il se fâche, oublie le père Edmond et ses quatre Evangiles, et il commence à cogner. Et, une fois que la descente est engagée, y a pas de remontée. Si tu finis pas en Joseph, tu te retrouves en Barabbas. C'est les arnaques, la poudre blanche et le kidnapping. Pour eux non plus, c'est pas tout beau comme dans la Bible. Eux, ils ont pas de Messie, volontaire du bon Dieu, pour mourir à leur place. Ils viennent parfois faire le paon devant le Centre et nous montrent leurs grosses chaînes en or et leurs voitures de luxe. Ils adorent terrifier les maîtres qui les traitaient autrefois de bons à rien et qui portent le même costume et touchent le même salaire depuis des années sans avoir le droit de manifester vu que le père Edmond il n'a qu'à dire : Y a plus d'argent et il ferme tout. Les Barabbas, ils sont pas mieux logés que les maîtres. Entre une misère qui dure toujours et une gloire qui dure pas longtemps et finit dans le bain de sang, y a pas vraiment d'alternative. Les maîtres, un jour ils se font vieux et se mettent à cracher du sang. La mort les prend par les poumons. Les Barabbas, un jour ils passent à la télé, tout le monde les regarde mais eux ne se voient pas. Ils ont perdu leurs yeux ou une moitié de leur visage et on ne les reconnaît qu'aux chaînes et aux vêtements qui faisaient leur seule qualité. Quand tous ont bien vu le cadavre, l'image change, un porte-parole de la police réconforte la société avec de belles paroles et renouvelle la promesse de mener jusqu'au bout la traque des bandits. Le dimanche qui suit, le père Edmond sort son sermon de circonstance qui compare les hommes aux brebis. Nous, on veut pas être des brebis. Ni galeuses. Ni tondues. Ni des Joseph. Ni des Barabbas. Ni trafiquer quoi que ce soit. Ni pourrir dans un corridor avec une femme changée en machine à pondre des enfants. Ni finir comme l'homme sans visage sous les balles de la police. On veut vivre loin des paraboles quelque chose comme une vie normale. Avoir de quoi s'acheter une étoile qui dure. Nathanaël, son idée n'est pas bête. L'essentiel est d'"accumuler". Pour l'heure de la sortie. Accumuler, Gino adore ce mot. Gino, il est futé en matière de calcul. Et il connaît les termes. Son rêve, c'est d'être comptable. Alors autant avoir quelque chose à compter. On a discuté sur ce qu'on pourra faire demain. Pas sérieusement. Pour tuer le temps. En riant de nous-mêmes. Faut dire que les commères pensent peut-être sérieusement à partir. Je sais qu'elles en ont discuté, et qu'elles finissent toujours par tomber d'accord. Elles croient qu'ailleurs ce sera plus facile. Ici, c'est vrai que dehors c'est un peu comme au Centre, les gens ils n'apprécient pas trop. Dans un film qu'on a regardé au Centre, y a un Bahamien qui n'aime pas les femmes, et personne ne l'emmerde. Il se fait tuer mais c'est pour une affaire de drogue. Alors, les commères ont dit : Les Bahamas, ce serait pas mal. Ou la Jamaïque. Mais une île. Et pas loin. S'il leur vient l'envie de revenir. Je peux pas dire si elles parlent sérieusement, et c'est peut-être une idée folle. Qu'importe. On prétend pas encore avoir l'âge de savoir ce qu'on fera ni qui on sera, mais on sait que, pour être celui qu'on voudra être, faut avoir des sous en réserve. Le problème, avec Nathanaël, c'est qu'il est trop fort pour son âge. Il sait déjà ce qu'il veut quand il sera adulte. Un monde où tout va bien. Une étoile pour chaque vivant.

On a commencé à travailler le soir. On sortait et on allait vers les quartiers luxueux dans lesquels il ne manque pas de restaurants. Si tu veux de l'argent, faut pas aller là où les gens en ont juste assez pour les dépenses du moment, mais là où ils portent sur eux plus que le nécessaire. Les restaurants, c'est pas mal. Le seul problème, c'est les mêmes clients qui tournent. On avait un plan. Au début, on était nuls, on a souvent raté notre coup, et une fois un homme a compris ce qui se passait, il a pris Gino par le collet et il lui a mis une tonne de gifles. Filidor faisait le mendiant. Nathanaël, de l'autre côté de la rue, créait une distraction en jetant une bouteille ou en poussant un cri, Gino passait à ce moment-là derrière le type et lui prenait son portefeuille, marchait tranquillement jusqu'au coin où j'étais caché, invisible à tous, il me donnait le portefeuille et je courais avec. Ça marchait pas. Filidor, il est si maigre qu'il attire la pitié. Les gens se laissaient attendrir et lui donnaient quelques billets, il ne pouvait plus insister, s'accrocher à leurs jambes pour laisser à Gino le temps d'opérer. Et moi j'ai jamais été un grand coureur. On a changé les rôles et ça a mieux marché. Je produisais la distraction, Gino jouait le mendiant. Filidor s'occupait de la poche et s'en allait tranquille remettre le portefeuille à Nathanaël qui filait loin avec. Ça marchait bien quand Filidor faisait le passeur. Les gens, ils sont si près de leur argent qu'ils en deviennent tout bêtes. Quand ils se rendaient compte de ce qui se passait, ils couraient après le portefeuille plutôt que d'attraper Gino qu'ils auraient pu saisir. Filidor, il aurait rapporté le portefeuille pour que Gino se fasse pas embarquer. Non, ils couraient de préférence après le portefeuille. Et pas possible de rattraper Filidor. Une fois qu'il était parti et que le client perdait son temps à le prendre en chasse, nous on allait chacun de notre côté, par des chemins détournés, jusqu'au point de rendez-vous. Nous n'avons jamais gardé les portefeuilles ni les trucs compliqués comme les cartes de crédit. Juste le cash. Le portefeuille, Nathanaël le lançait par-dessus le portail d'une maison de riches ou il le posait à l'entrée d'un grand magasin. Comme ça, quelqu'un qui avait assez de moyens pour être honnête et assez de temps pour être gentil le rendrait sûrement à son propriétaire. Les maisons, c'est venu plus tard. Au bout d'un an, les restaurants, ça devenait risqué. Ce sont toujours les mêmes qui fréquentent les mêmes lieux et on risquait d'être reconnus par une ancienne victime. Et puis Gino, notre expert-comptable, nous a avertis qu'à ce rythme il faudrait dix ans pour atteindre une somme respectable. On a pensé aux banques, au centre-ville, mais ces endroits c'est la cour des grands. Les pros, ça rigole pas. Nous avons pensé aux bijoux qui dorment dans les maisons vides. Les vacances, la plage. Les riches, quand ils partent pour deux ou trois jours ils n'emportent pas tous leurs avoirs. Le problème : comment savoir dans quelle maison aller ? Et comment faire pour écouler les bijoux ? Nous, on voulait pas d'associés. Les commères, elles seraient prêtes à mourir l'une pour l'autre. Nathanaël et moi, personne ne pouvait passer un doigt entre nous. Les quatre, nous étions comme on dit du poisson dans du bouillon, on faisait une équipe incassable. Pour cacher nos gains, on utilisait sa sœur. Nathanaël avait proposé de cacher l'argent chez elle dans un sac, très loin, au fond de la cité où elle habite. C'est un quartier tellement pourri que même les mouches se sont tirées, il reste les rats et les moustiques, et là les gens sont tellement pauvres qu'ils ne possèdent pas l'énergie pour se convertir en bandits. Gino, toujours un peu méfiant, a demandé comment il savait qu'elle n'ouvrirait jamais le sac. Nathanaël s'est fâché. Il s'est mis à crier que nous pouvions avoir confiance, elle n'ouvrirait jamais le sac. Alors, quand on a pensé visiter les maisons dont les propriétaires s'étaient absentés juste pour quelques jours sans prendre toutes les précautions qu'ils auraient prises pour un long voyage, nous avons trouvé normal de lui demander de mettre sa sœur à contribution. On était étonnés, il a piqué une colère et il s'est encore mis à crier. Cette fois il nous disait que sa sœur n'accepterait jamais d'être mêlée à nos combines. J'ai rien compris. On voulait juste qu'elle nous aide à repérer des maisons vu qu'elle fait pour vivre la lessive dans quelques maisons de presque riches. On a pensé à la sœur d'un autre pensionnaire. Elle travaille dans un salon de beauté, et ces dames qui fréquentent les salons de beauté, il semble que ça parle encore plus que les pensionnaires d'un centre d'accueil. Après on a voté contre. On est restés dans le risque au nom de l'unité. Les commères allaient rôder dans les beaux quartiers, se liaient avec le personnel de maison. Gino enregistrait tout dans sa tête. Ça marchait. On l'a pas fait souvent. Seulement une dizaine de coups. Avec les portefeuilles qu'on faisait encore de temps en temps pour garder la main, et parce que c'est plus amusant de travailler dans la rue. Pour écouler les bijoux, Nathanaël avait contacté un receleur dont le commerce officiel est de vendre des tôles au marché Salomon. Il y est allé seul, en prenant tous les risques. L'homme a toujours été correct. Mais, *sorry*, je sais que je suis un vrai désordre, je ne t'ai pas parlé de la sœur de Nathanaël. Pas d'elle. De son visage.

Au Centre, y en a pas beaucoup qui reçoivent des visites. Pour la plupart d'entre nous, cela s'est passé comme pour moi. Une femme arrive un jour au Centre en tenant un enfant par la main ou avec un bébé dans les bras. Elle repart sans l'enfant, souvent sans avoir pris la peine d'entrer. On la revoit jamais. L'enfant vit un temps avec l'espérance qu'elle reviendra. Puis l'espérance s'enfuit aussi loin que la femme et personne ne se souvient ni de l'une ni de l'autre. Quant à ceux d'entre nous que le père Edmond est allé chercher dans la rue, y a même pas le mensonge des premiers jours pour les aider à tuer le temps. Seul un tout petit groupe reçoit de la visite. Ça énerve les autres qui disent que, puisqu'ils ont de la famille, ils devraient aller la retrouver et laisser leur place à ceux qui sont dans la rue à attendre que quelqu'un veuille bien leur donner un nom et un plat gratuit. La sœur de Nathanaël, elle vient une fois par mois. Elle est pas laide. Quand on voit pas la cicatrice. Elle a une cicatrice sur sa joue gauche qui lui couvre une partie du visage. Elle doit même pas avoir trente ans, mais elle fait plus vieille que son âge avec sa balafre et ses vêtements d'une autre époque. Même les jeunes filles pauvres ne s'habillent pas comme ça. Elles vont chercher dans les étals de vêtements usagés une coquetterie à bon marché, un petit côté moderne.

La sœur de Nathanaël, elle est comme morte. Elle vient une fois par mois. Les majors disent : Voilà le fantôme. Y en a qui ont envie de rire et osent quelques blagues. Quand on regarde un film d'horreur, s'il y a dans la scène un zombie ou un mort vivant, ils demandent à Nathanaël s'il ne lui reconnaît pas comme un air de famille. Nathanaël, il ne réagit pas, parce que les plaisanteries qui se foutent de ta gueule, au Centre, il faut apprendre à vivre avec. A moins de se battre tout le temps. Les commères et moi, on participe jamais. Nathanaël, c'est notre leader, et puis, si on se met à rire du physique des autres, aucun d'entre nous ne peut avoir la certitude qu'il échappera à la moquerie. Côté déformation physique et curiosités naturelles, on trouve de tout au Centre : des maigrelets comme Filidor, des bosses, des plaies qui ne guérissent pas, des édentés, des boiteux. Y a même eu un garçon qui avait deux fois six orteils et un doigt de plus à la main gauche, mais la mort l'a emporté avant que la nature, méchante comme elle sait l'être, ne lui en fasse pousser d'autres. Son corps donnait comme une plante, il n'avait qu'un seul nez mais il lui retombait sur le bas du visage. Le père Edmond avait beau prêcher la charité, ce coup-là ça ne marchait pas. Personne ne voulait l'avoir comme voisin au dortoir. La mort est venue résoudre le problème. La sœur de Nathanaël, elle est pas exactement repoussante, j'ai vu pire dans les rues, mais elle n'est pas jolie à voir. Peu importe. Si Nathanaël l'aime, nous l'aimons aussi. Et elle nous aide. Et puis elle est gentille. Elle m'appelle "le petit partenaire". On disait ça quand nous étions petits, Nathanaël et moi. On était des petits partenaires. On est restés partenaires, et tout se passait bien, jusqu'au jour où il a commencé à prendre au sérieux les idées qui circulent dehors. Les choses allaient bien. Après chaque coup, Nathanaël fait le compte avec Gino, notre comptable, et ils s'en vont cacher le montant dans le sac, au fond de la cité. Je n'y suis allé qu'une seule fois. C'est bien d'avoir quelqu'un qui prend les choses en main et vous épargne des soucis. A force de prendre les choses en main et d'être le seul à avoir des idées, il s'est mis à parler avec d'autres. Le philosophe et la jolie jeune fille. Ils appartiennent à un groupe. Et la jeune fille, elle est jolie. Moi je pense pas aux filles comme ceux qui se masturbent dans leurs lits ou dans les toilettes. Comme j'ai dit, je n'ai pas choisi la réalité à venir. Un jour, l'étoile, elle prendra corps et ce sera peut-être une plage à vivre, des chansons. Qu'est-ce que j'en sais ? L'étoile, c'est juste une image, un mot qui brille pour nommer quelque chose qu'on ne tient pas encore, mais vers quoi l'on marche sans trembler. L'étoile, c'est la forme que prendra le bonheur. J'avais dit musicien. Peut-être que j'apprendrai la guitare et comme ça un mensonge inventé pour jouer deviendra une réalité. Je ne sais pas. Nathanaël, il sait déjà. Et la jeune fille pense comme lui. Alors enfin il se sent deux. Mais je sais qu'il voudrait plus. La jeune fille, elle veut pas plus. Il est devenu un militant. Un militant amoureux d'une militante qui ne l'aime pas. Il nous a réunis un soir et sans faire une introduction il a lancé : Il y a trois ans, nous avions onze ans. Est-ce qu'on pense pareil qu'avant ? Nous on pense pareil, il nous reste deux ans avant que le père Edmond vienne nous expliquer que le bon Dieu parfois il manque de fonds, qu'il a pensé à nous pendant toutes ces années, que maintenant d'autres moins âgés que nous ont besoin de sa miséricorde. Notre seule inquiétude, c'est le risque de se faire prendre. "Accumuler", c'est notre but. Pour plus tard, quand on sortira. Nathanaël, il s'est mis à parler de choses qu'on savait déjà : le monde est injuste et blablabla, on s'en sortira pas tout seuls, il faut changer les choses pour qu'il règne une égalité parfaite, que tout soit partagé : l'argent, l'amour, les satellites, la terre et les fruits de la terre. Ses phrases étaient belles, mais elles nous faisaient peur. C'est comme ces beaux passages de la Bible que le père Edmond aime nous lire sur la terrible guerre entre Moïse et Pharaon. C'est beau mais les gens ils n'arrêtent pas de mourir, et la guerre, même lorsqu'elle est finie, elle continue d'une autre manière et les gens ils n'arrêtent toujours pas de mourir et rien ne change. Nathanaël, il nous a fait peur, surtout quand on a compris qu'il voulait qu'on fasse autre chose avec l'argent, quelque chose qui aiderait à changer la vie de tous. Et là encore il a dit une chose que nous savions déjà : la seule façon, s'il y en a une, c'est les armes. Les prêches ça donne rien, sinon le père Edmond aurait déjà transformé la ville en paradis terrestre, les gens seraient repartis vers la campagne, d'autres n'arriveraient pas tous les jours avec un sac à provisions chercher la vie dans une ville où y a pas de vie, les peuples qui se font massacrer seraient enfin heureux chez eux, et y aurait pas des immeubles comme celui où tu travailles pour les uns et les taudis comme cette pièce où habite la sœur de Nathanaël au fond de la cité pour les autres, et tout le monde vivrait main dans la main. Tout ça, on le sait, mais c'est pas des choses de notre âge. Rien n'interdit d'y penser demain et, quand on sera chacun installé dans sa vie, on pourra décider de la façon d'aider. Moi je comprends son idée. Dans le fond, il a raison. C'est juste que nous on n'est pas prêts. Il a rien voulu entendre. Il existe, il nous dit, des gens qui se battent, on peut se joindre à eux. Imaginez un monde où tout est partagé, les cœurs, les corps, l'espace. Et il est reparti dans sa folie. Oui, je veux bien imaginer. Tout le temps j'imagine des choses, mais ce n'est pas une raison pour vouloir qu'elles se réalisent. Et surtout pas une raison pour acheter des armes avec l'argent qu'on a mis de côté. Nous, enfin, moi, je parle pas pour les commères, je les vois pas mener une vie de "militants", moi, je demande un peu de temps et qu'on touche pas à notre argent. La jolie jeune fille et le philosophe, je suis sûr qu'ils ont des parents, il suffirait pour eux de les dévaliser, et ils trouveraient de l'argent. Pour la première fois, Nathanaël a perdu un vote. Ça m'a coûté de me mettre avec les commères contre lui. Je me fous pas des autres, surtout pas d'un ami avec qui j'ai tout partagé, mais je pouvais pas. Alors il a exigé, c'est son droit, qu'on fasse le partage avant l'heure. Il n'allait pas attendre deux ans. On avait prévu de faire un coup le lendemain. On a conclu que ce serait le dernier, on ferait le partage après : quatre parts égales, et puis ni vu ni connu. On était tristes tous les quatre. On n'avait jamais connu d'autre équipe. On n'avait jamais tenu d'autre secret. Nathanaël, il se tenait la tête. Les commères se serraient de près. Nathanaël est parti s'asseoir sur une marche, loin de nous. Moi j'étais au milieu, entre les autres et lui. Pour l'argent, j'avais voté, mais un ami reste un ami. Je le regardais dans le noir. Quelque chose secouait son corps. J'ai compris qu'il pleurait. C'est les larmes qui m'ont décidé. Je suis allé m'asseoir avec lui. Il m'a parlé de ses amis, de cette jeune fille, du slogan "Mort aux exploiteurs", et de cet homme d'affaires dont on a retrouvé le cadavre. J'avais entendu la nouvelle à la radio. Et depuis j'ai très peur.

Nathanaël, c'est l'amour. C'est la haine aussi. C'est les deux en même temps. Il fréquente des lettrés, plus âgés que nous. C'est normal, vu que dans sa tête il y a plus de lumière que dans les nôtres. Ils ont comme quoi un groupe d'études et ils développent des théories. Ils discutent beaucoup. Je ne vois pas à quoi ça sert, vu qu'ils sont tous d'accord. Les armes pour foutre le bordel. Mort aux exploiteurs. Comme si les choses pouvaient être plus bordéliques qu'elles ne le sont déjà. Remarque, moi j'ai pas de problèmes, pourvu qu'ils n'achètent pas leurs armes avec notre argent. Le groupe d'études, c'est aussi un groupe d'action. Dans leur tête les études conduisent à l'action. Moi je sens que c'est plutôt l'inverse. L'action, ça les tient comme une démangeaison, ils mettent des mots là où ça gratte. Leur donner l'argent, c'est avoir travaillé pour rien, leur laisser tuer notre étoile. Et s'ils tuent avec le fruit de notre travail c'est comme si nous étions complices. Nathanaël, il prétend que, dans le monde qu'ils vont créer, y aura des étoiles pour tout le monde. Il prévoit pas l'échec. Mais les grands projets ça finit toujours par foirer. Même Dieu il a foiré. Le père Edmond, il a beau dire, c'est quand même un peu nul cette guéguerre qui n'en finit pas entre le créateur du monde et l'une de ses créatures. *Sorry*. Gino, il doute de tout, contrairement à Filidor qui est habité par les dieux, mais ils sont d'accord sur une chose : ils ne veulent pas changer le monde. Nathanaël, il a pris cette idée moitié tout seul, moitié chez les lettrés. C'est un petit groupe. Y a une belle fille. Je l'ai jamais vue. Mais je crois Nathanaël. Sa voix se transforme, s'adoucit, quand il parle d'elle. Ses yeux aussi. Il devient tout tendre, comme les petits à l'approche de la Noël, quand ils voient venir le père Edmond avec son grand sac de cadeaux. Et puis il change. On voit des nuages. Plus rien ne sourit. Tout est mal. C'est fou de voir quelqu'un rajeunir puis vieillir le temps de quelques phrases. Beau et laid. Bon et méchant. J'ai pas le vocabulaire pour expliquer ces choses-là. Moi, les filles, c'est pas encore mon affaire. Je les garde pour demain, quand j'aurai mon étoile. Nathanaël, il a trouvé la sienne. Il la côtoie sans l'atteindre, alors il saute chaque fois plus haut. Il exagère pour l'impressionner. C'est pour ça qu'il s'est fait piéger. C'est pour ça qu'il a accepté quand le groupe l'a désigné. Le soir de notre dernier coup, la maison choisie devait être vide, les commères avaient vérifié. On est super-prudents depuis l'attaque des chiens. On était dans une chambre, on a entendu du bruit. On s'est cachés derrière le lit. Nathanaël, il a sorti le pistolet. C'était pas prévu. Nous, on le regardait et on regardait la porte. Lui, il regardait la porte. Il allait tirer. Heureusement, y avait personne. C'était le vent, un courant d'air ou quelque chose de ce genre qui nous avait foutu la frousse. Quand nous sommes sortis de la maison, les commères étaient furieuses et terrifiées. Moi, je savais déjà, pour l'arme. Je savais aussi qu'il l'avait déjà utilisée. Le soir des larmes, il m'avait tout raconté. J'avais compris qu'il voulait vivre et mourir. Pour les autres. Pour la fille. Le soir du dernier coup, dans la rue, il a ricané et dit des choses méchantes aux commères, le genre d'injures qu'on leur lançait autrefois. A force de vouloir être bon, quand on se sent trop seul, on en devient méchant. Ce soir-là j'aurais donné ma part à la fille pour qu'elle le prenne dans ses bras, pour qu'il cesse de hurler des mots marchant en sens contraire, tout allait changer, rien ne changerait jamais ; l'amour, y a que ça qui compte, l'amour c'est une vraie merde. Nous sortions des beaux quartiers. Les grandes maisons se faisaient rares. Plus qu'une et retour aux toits délabrés, aux vieux portails décolorés. Il nous a laissés le devancer, il a sorti l'arme de sa ceinture et il a tiré. Sur les portes, les fenêtres. En riant. C'était pas son rire. On a couru loin du rire et de l'arme. Après on a eu honte d'avoir pris la fuite et on est revenus. Il avait vidé le chargeur. On voulait rentrer. Nous approchions du Centre. Il nous a tourné le dos. Rendez-vous chez ma sœur dans huit jours, à vingt heures. Pour le partage. Et il est parti. *Sorry.* Je l'aurais suivi mais ça n'aurait servi à rien. Il était perdu dans son étoile. Avec ses idées. Ses manques. Nous sommes rentrés au Centre, trop cassés pour discuter le soir même. Nous voulions dormir. Le lendemain on pourrait essayer de penser, de comprendre. Nous avons ouvert la petite porte dont nous avons la clé, espérant rentrer sans bruit, longer le couloir jusqu'à l'odeur rance du dortoir, nous laisser tomber chacun sur son lit et tout oublier. Le père Edmond nous attendait, en tenue de civil. Sans la soutane il paraissait moins sûr de lui, et de Dieu. Nous n'avons pas eu droit au sermon sur les brebis galeuses. Les choses pressaient. La police était venue. Un chef d'entreprise avait été assassiné. Des jeunes d'extrême gauche. Dieu n'accueille pas les assassins. Non, mon père, nous n'avons tué personne. Nous lui avons raconté, sauf pour le rendez-vous. Il a dit que nous ne pouvions pas rester. Il avait menti aux policiers, leur affirmant que nous avions quitté le Centre. Nous devions aller ailleurs. Mais nous n'avons pas d'ailleurs. Nous n'avons jamais eu d'ailleurs. Ce dortoir de merde, c'était quand même notre seule maison. On a les refuges qu'on peut. Et si nous avons fait ce que nous avons fait en prévision du moment où il faudrait aller vivre loin du Centre, le quitter, comme ça, avant le jour prévu, ça nous a quand même attristés. Gino et Filidor sont partis ensemble. Je suis resté un moment avec le père Edmond. Le temps qu'on fouille dans nos mémoires pour trouver une option : le Dieutor de ma mère. En souhaitant qu'il existe vraiment. Le père Edmond a passé quelques appels. Il m'a donné l'adresse du cabinet. Et me voilà. *Sorry.* J'aurais pu venir ici et ne pas te dire la vérité. Mais je n'aime pas mentir. La police, elle ne viendra pas me chercher ici. Je veux juste attendre. Jusqu'à l'heure du rendez-vous. Après, on verra. Nathanaël, il a tellement changé. Cette fille, elle lit peut-être dans des livres qui disent comment changer le monde, mais au fond elle est nulle. Y a des types quand ils rencontrent une fille, tout ce qu'ils veulent, c'est la garder pour eux, la mettre dans une prison. C'est plus original de vouloir sortir tout le monde de sa prison, parce qu'une fille. De vouloir distribuer les biens du monde à tous. Parce qu'une fille. Nathanaël, il a trouvé son étoile avant nous. Je sais pas si elle fait bien son métier de militante, mais elle fait mal son métier d'étoile. Et puis, si tu peux pas voir tout près de toi celui qui est dans le besoin, comment tu comptes faire pour rencontrer les autres ? Moi, c'est simple. La générosité commence dans la proximité. Pas besoin d'aller chercher loin. Nathanaël, il crève d'amour, et tout ce qu'elle lui propose c'est d'aller jouer le va-t-en-guerre. Nous, on a perdu un leader, et la nôtre, d'étoile, on risque de la perdre. Ce qui va se passer, je sais pas. Moi je souhaite que tout s'arrange et que tout le monde soit content. Et que Nathanaël il ne souffre plus de ses maux de tête. Moi je souhaite tout bon à tout le monde. La vie elle fait pas souvent ce qu'on lui demande. Mais j'irai. Après, t'entendras plus parler de moi. *Sorry.* On dit que les gens de la campagne tiennent toujours leurs promesses.

NATHANAËL

*Vil Pòtoprens, se yon timoun k ap kriye
pou tete sou galri ri Pave.*

SYTO CAVÉ

Il y a plusieurs groupes. Le premier groupe est constitué d'un homme et d'un garçon. Ils avancent péniblement. Il n'y a pas de rues, mais des passages inventés entre les taudis. Les toits sont bas et l'homme doit faire attention, les pointes des tôles qui dépassent la base des toitures descendent à hauteur de ses yeux. L'homme essaye de ne pas regarder les objets qui tapissent le sol : bouteilles, canettes, boîtes en carton, pelures de fruits. D'ordinaire l'homme aime bien savoir dans quoi il marche, il réalise que le contact avec l'eau stagnante et la pression constante des allées et venues de centaines de marcheurs ont transformé un certain nombre de ces objets en d'autres formes ou corps non identifiés. C'est un sol inégal qui s'enfonce ou durcit au hasard des éléments qui le composent. Des humains avancent dans tous les sens, se croisent, se piétinent, se bousculent entre les maisonnettes. L'homme et le garçon progressent lentement, il leur reste beaucoup de chemin. Il faut aller jusqu'au fond, c'est encore loin, là où la mer et la boue ne font qu'un, là où les gens font leurs besoins sur l'ancien rivage, en donnant dos à la mer, les fesses tout près de l'eau. L'homme ignore le lieu où finit le voyage, mais le garçon a déjà exploré le fond de la cité. Il est venu une fois avec son meilleur ami. La sœur de son ami habite le bord de l'eau. Ils sont nombreux à avoir installé leur misère entre la terre et la baie, là où les détritus ont remplacé le sable. Pour se rendre au rendez-vous, sans s'être donné le mot, ni l'homme ni le garçon ne portent leurs vêtements habituels. Le garçon est habillé en Jour de l'an : une chemise neuve, un pantalon neuf, des baskets neuves. L'homme a insisté pour les lui acheter. L'homme est allé les acheter lui-même. C'est la première fois de sa vie qu'il achète des vêtements à quelqu'un d'autre que lui, et il les a pris trop grands. Trop chic aussi. Il y est allé deux fois. La première fois, sur le conseil de la vendeuse, une spécialiste des goûts des adolescents, il avait choisi des couleurs éclatantes. Une erreur. Il est retourné à la boutique les changer contre quelque chose de moins voyant, au désespoir de la vendeuse qui en a profité pour blâmer les parents qui empêchent les jeunes de suivre l'air du temps. Pour ne pas contrarier la vendeuse, l'homme n'a pas rendu la chemise et le pantalon aux couleurs éclatantes. Il les a gardés tout en prenant d'autres plus sombres, en se disant que, les couleurs de l'air du temps, la vie offrirait au garçon d'autres occasions de les porter. L'homme est surpris de découvrir qu'il consent dans sa tête à l'idée de la présence quasi permanente du garçon dans sa vie. Depuis une semaine il n'a pas beaucoup travaillé, il n'a pas beaucoup pensé à autre chose qu'à ce garçon qui a investi son téléviseur, son salon, son canapé, la place de sa guitare sur le canapé, son écoute et sa compagnie, le soir, lorsque le garçon se met à parler jusqu'au moment où le sommeil l'emporte enfin, la tête sur un coussin. L'homme se sent tout bête d'avoir placé dès le deuxième soir un oreiller à la place du coussin, d'avoir promis le troisième soir d'enseigner au garçon les quelques accords qu'il peut jouer et les quelques airs qu'il lui arrive de fredonner. Des airs qu'il avait oubliés se réveillent dans la tête de l'homme. Le répertoire qu'il exécute en solitaire s'enrichit depuis une semaine de mélodies remontant de ses trous de mémoire. Un yanvalou qu'une jeune fille qui rêvait d'être institutrice adorait écouter le hante. Le yanvalou, c'est une musique qui monte et qui descend, ça ondule. Le garçon ne sait pas ce qu'est un yanvalou. Tout s'apprend. Il apprendra. Au cœur de la cité, tandis qu'ils avancent dans le noir et que le flot des passants commence à diminuer, le garçon flotte dans ses vêtements neufs, trop grands. Il n'a pas l'habitude du neuf. Cette propreté nouvelle le rend inconfortable. L'homme porte aussi des vêtements sombres. Sa chemise, son pantalon et ses baskets à lui ne sont pas neufs. Il est allé fouiller dans une malle au fond d'un dépôt à la recherche de ce qu'il possède de moins présentable, de plus ancien. Il a trouvé des chemises d'un style démodé qu'il ne porte plus depuis longtemps. Il renouvelle souvent sa garde-robe. Par avarice ou par paresse il ne s'est jamais résigné à jeter ses vieux vêtements ni à les offrir à un nécessiteux. C'est un trait de tempérament qu'il a gardé de sa première vie : il ne jette rien. Il a vidé la malle, et s'est laissé conseiller par le garçon. Ils ont choisi une chemise et un pantalon qui font vieux. Dans le vocabulaire de l'homme, vieux est synonyme de pauvre. Le garçon juge que les vêtements de l'homme ne font ni très pauvres ni très vieux. Mais c'est ce que l'homme possède de plus adapté à l'endroit où ils sont. Sa bonne volonté fait sourire le garçon. Amicalement. Sans qu'ils s'en rendent compte, l'homme et le garçon commencent à se moquer gentiment des gestes ou des paroles de l'autre. La texture du sol ne cesse de muter sous leurs pas, et le garçon doit se livrer à un exercice de mémoire pour ne pas se perdre dans les couloirs et corridors. Il n'est venu qu'une fois. Son ami ne parlait jamais de sa sœur et ne l'invitait pas à l'accompagner quand il allait chez elle. La sœur de son ami, c'est un peu un mystère, avec sa cicatrice sur sa joue gauche. Et sa tête toujours baissée. Et sa façon de marcher comme un fantôme qui s'est fait coincer par le jour. Pour trouver la maison, le garçon se souvient : il faut aller jusqu'au fond et la maison, pourquoi la maison ? on n'appelle pas ça une maison, la pièce est debout sur des briques, avec une porte en tôle. Sur la porte, il y a une étoile. C'est son ami qui l'a dessinée, celui qui avait lu le mot sur une affiche de film, à travers les grilles, dans le hall d'un cinéma désaffecté.

Dans ces vêtements qui les changent de leur image habituelle, c'est à peine si l'homme et le garçon sont reconnaissables, sauf à bien regarder. Pour l'instant personne ne les regarde. Sauf les membres du deuxième groupe. Il y a un deuxième groupe. Le deuxième groupe est constitué de deux garçons. Ils connaissent bien le garçon qui marche à côté de l'homme. Enfin, ils croyaient le connaître. Ils ne sont plus sûrs de connaître qui que ce soit, de comprendre quoi que ce soit, sauf cette part d'eux-mêmes qui les lie l'un à l'autre. Les membres du deuxième groupe sont très unis. C'est un vieux couple, ils se complètent et se soutiennent, égaux en affection, différents par la taille et les compétences. L'un est grand et maigre. Il a une tête ovale et bosselée. Pas le genre de tête que l'on rencontre souvent dans les rues des capitales. Une tête qui descend des mornes. C'est ce que lui répètent depuis des années les gens de la capitale. Chaque personne qu'il a fréquentée lui a demandé à un moment ou à un autre de quel ailleurs il vient. On lui a rappelé plusieurs fois et sur tous les tons qu'il a une tête de mains de sage-femme, une tête de lieu de naissance sans dispensaire ni pédiatre. Tout le monde a toujours ri de sa tête, sauf son compagnon, l'autre membre du groupe, un petit, avec des yeux vifs. Lui est né dans une rue de la capitale, dans un quartier comme celui-ci. Pour survivre, il a commencé très tôt à regarder autour de lui. Ceux qui passent. Ce qu'ils jettent. Pour attraper les restes. Ses spécialités : repérage et calcul. Ses amis l'appellent tantôt le comptable, tantôt l'éclaireur. Contrairement aux autres pensionnaires, il n'a pas été amené au Centre par un parent ni jeté là par un passant l'ayant ramassé dans la rue. Personne n'a décidé pour lui. Il y est allé tout seul. Comme un grand. Il a commencé à prendre des décisions alors qu'il était tout petit. Il y a déjà longtemps que, de la rue, il a observé les conditions de vie à l'intérieur du Centre et mené son enquête auprès des pensionnaires. Après il a réfléchi. Après avoir réfléchi, il a décidé que la vie au Centre, sans atteindre l'idéal, valait mieux que la rue. Et il est allé frapper à la porte du Centre. Depuis toujours il repère et comptabilise. Prévoit. Devance. C'est ça son art, repérer et compter. C'est lui qui a repéré l'homme et le garçon qui constituent le premier groupe. Et lui qui allait aux renseignements pour vérifier qu'il ne restait en poste ni chiens ni gardes, quand ils montaient un coup. Il ne s'est trompé qu'une seule fois. Les animaux savent être aussi rusés et féroces que les humains. Le grand, son talent à lui c'est la course, depuis petit, à la campagne. Pieds nus, sur les ronces et les pierres. A l'approche du malheur, il court.

L'homme et le garçon qui constituent le premier groupe se connaissent à peine. Il y a juste une semaine qu'ils se sont vus pour la première fois, et ils ne sont jamais sortis ensemble. Pendant une semaine le garçon a passé tout son temps chez l'homme, sans voir la rue. L'homme est sorti travailler, mais il n'a pas été très efficace. Ses collègues l'ont trouvé distrait. Se connaissant à peine et sortant ensemble pour la première fois, l'homme et le garçon accordent mal le rythme de leurs pas. C'est une équipe qui se cherche. Leur manque d'unité est une chose évidente contre laquelle, sans communiquer sur le sujet, ils ont décidé de se battre. Et qu'ils entendent bien vaincre progressivement. Tout s'apprend. Ils s'appliqueront. S'appliquent déjà. Résolus. Malhabiles. L'un se rend compte qu'il va trop vite et ralentit le pas au moment où l'autre accélère, de sorte qu'il y en a toujours un qui se retrouve devant, l'autre derrière, alternativement. C'est une complicité très jeune et maladroite qui bat mal la mesure.

Le deuxième groupe est plus uni que le premier. Cela fait des années qu'ils font tout ensemble, partagent tout, leurs peurs, leurs rêves, leurs projets. Leurs corps aussi se connaissent dans leurs moindres détails. Ils observent le premier groupe. Ils ont reconnu le garçon malgré ses habits neufs. Ils se demandent qui est cet homme qui l'accompagne. L'homme est habillé sale et vieux, mais son air perdu révèle la vérité : ce n'est pas un vrai pauvre, les vêtements sont un camouflage. L'homme hésite à poser ses pieds sur le sol et perd son temps à tenter d'éviter les flaques et les pelures de fruits. Cette hésitation le trahit. Son corps tressaille au contact des autres marcheurs. Visiblement, ce frottement perpétuel l'agace. L'homme garde une main sur une poche de son pantalon, celle du portefeuille. Son visage cache mal une expression qui détonne : le dégoût. Pour l'éclaireur, ce sont des signes qui ne mentent pas : ici, toute personne qui s'étonne de la promiscuité est forcément un étranger, l'homme n'est pas dans son territoire. Il le dit au grand maigre qui a confiance en son jugement. La présence de cet étranger les inquiète et ils se tiennent très près l'un de l'autre, comme chaque fois qu'ils ont peur. Seule cette proximité les réconforte. Tout le reste semble leur échapper. Ils sont arrivés à l'avance aux abords du lieu de rendez-vous et se sont postés devant un commerce de rue pour attendre les autres. C'est la dernière fois qu'ils verront les autres. Ils ont pris leurs dispositions. Si tout se passe bien, après le rendez-vous, ils voyageront en camion vers une ville côtière du Nord-Ouest. De là ils prendront le bateau pour les Bahamas. Ensemble. Il y a cinquante pour cent de chances qu'on les jette à la mer. On jette souvent les plus jeunes à la mer, et dans l'eau le grand maigre ne pourra pas courir en entraînant le petit dans sa course. Le capitaine peut aussi tromper la vigilance des passagers en faisant semblant de voguer vers le large pour ne naviguer en réalité que du Nord au Sud du pays et les poser sur la côte de la Grande Anse. Cela aussi se fait souvent. Si c'est le cas, il leur restera assez d'argent pour tenter un deuxième voyage. Le petit a fait les calculs. Et, s'ils sont ensemble avec un peu d'argent, ils vivront.

Le premier groupe continue d'avancer. L'homme
et le garçon coordonnent désormais mieux leurs
pas. L'amitié ou quelque chose d'autre qui n'a pas
encore de nom exact se développe avec le temps.
L'homme cesse de se demander dans quel merdier
il s'est laissé entraîner. Il regarde le paysage de
détritus, de petits commerces. Dans une autre vie
il a connu la sécheresse et la pénurie, les aléas du
quotidien d'une ville trop petite, un village en fait,
avec un maire radoteur et inefficace, des joueurs
de bésigue et de dominos, une école communale
aux murs gris, une vie réduite, sans envergure,
sauf les jours de fête, à l'heure de la danse. Mais
il n'a pas connu cette saleté, ce miasme. Dans son
village, on mangeait peu, mais propre. Il regarde les
gens qui, sans vraiment s'arrêter, tendent une main
à une marchande. Dans la main tendue il y a une
pièce de cinq gourdes. La marchande plonge une
louche dans une marmite et leur met dans l'autre
main une ration de riz et de pois. La marchande
empoche l'argent. Les marcheurs continuent leur
marche en mangeant. Cela s'appelle le rabordaille :
une pièce, une portion, deux pièces, deux portions,
une dans chaque main. Les garçons connaissent
ça, surtout le petit qui fait la moitié du deuxième
groupe. Il a grandi dans un quartier comme celui-
ci. L'homme constate aussi qu'il y a d'autres espèces

vivantes qui disputent l'espace aux humains. De la volaille. Des squelettes de chiens. Les chiens sont des squelettes qui aboient mollement et marchent à reculons. Il y a des rats, beaucoup de rats. Les humains et les rats se côtoient, indifférents les uns aux autres. *Sorry. La familia. Brother.* Ici, les gens parlent en mangeant, mangent en parlant. Et tous parlent avec ces mots que l'homme a entendus pour la première fois dans la bouche du garçon. *Sorry.* L'homme a envie de s'excuser auprès du garçon de ne pas connaître les mots d'aujourd'hui, ni la technique de base pour marcher comme il faut. Il se souvient de ses mots à lui quand il avait l'âge du garçon. Des mots respectueux : monsieur, mon oncle… Les mots, se dit l'homme, changent avec le temps et les lieux. Il a passé une semaine à écouter le garçon tous les soirs. Jamais il n'a entendu un tel flot de paroles. Même les conteurs de son village… Même les vieux procéduriers qui ont recours à l'éloquence pour tromper les jurys… Le garçon a trop parlé, il a vidé son sac de paroles et se sent à présent confortable dans le silence. Il a parlé pour toute une vie pendant une seule semaine, l'homme l'a écouté, lui a promis de lui donner des leçons de guitare, pour l'instant ça va, le garçon avance maintenant sans rien dire, en adaptant son pas à celui de l'homme. L'homme est ici un étranger, loin de lui-même. *Sorry.* Le garçon connaît le quartier, un peu. C'est donc à lui de faire l'effort d'accommoder son compagnon. A la campagne, on pense ça aussi, c'est celui qui reçoit qui s'adapte aux coutumes de l'invité. Mais le garçon ignore les pensées des gens de la campagne. L'homme pose son pied dans une flaque et l'eau boueuse éclabousse le pantalon neuf du garçon. *Sorry.* Pour la deuxième fois en quelques minutes l'homme a envie de s'excuser mais ne dit rien. Il a du mal à avancer. Un passant le bouscule. Il voudrait se retourner, attraper l'inconnu par le collet, lui mettre une baffe, mais il n'a pas appris à se battre de cette façon-là, avec les poings. Les batailles qu'il gagne sont des batailles d'images, de mots, alors il laisse faire. Le garçon a envie de s'excuser d'avoir entraîné l'homme dans ce lieu. Etrange lien. Qui se resserre. S'affirme au fur et à mesure que l'un s'habitue à la présence de l'autre à ses côtés. Le même pas désormais. Le même besoin de s'excuser. Deux fois en quelques minutes, c'est nouveau pour l'un comme pour l'autre. Le chemin qu'il leur reste à accomplir n'est pas long, mais c'est le plus difficile. Il leur faudra passer la façade, les enseignes des "petits démêlés" qui vendent de tout, bière fraîche *Au Goût de Jésus*, maison d'affaires *Christ Capable*, le dépanneur *Trois Roses en Fer*, dépôt de clairin *La Vie Vieux Nègre*, aller au bout de la cité, là où les toits des maisons ne passent pas la hauteur d'un homme de taille moyenne ; là où se concentrent toutes les odeurs à cause de la décharge et des latrines qui donnent dans cette mer qui n'est plus une mer ; là où l'argent est caché, personne ne pouvant penser à venir le chercher dans un tel lieu. Non, l'homme n'a encore rien vu. Le garçon a, lui aussi, envie de s'excuser, deux fois, mais lui non plus ne dit rien. Et ils avancent en silence. Vers le fond. Le dos de la mer. Là où il n'y a plus nulle part où aller. Sauf à se jeter dans la vase.

L'argent est caché dans une maisonnette, tout au fond. C'est là que se rendent les deux premiers groupes et un troisième dont on attend l'entrée en scène. Dans la maisonnette, dans la pièce, il y a une femme. Elle est dans sa vingtaine, vingt-neuf ans et trois mois, mais elle fait plus vieille, en partie à cause de la cicatrice sur sa joue gauche, en partie parce qu'il y a longtemps qu'elle mène une vie de vieille. Ici, cela ne se remarque pas, tous les corps portent des cicatrices, mais ailleurs, même au Centre où elle va visiter son fils, la cicatrice impose un arrêt sur image. Les gens la fixent un moment, puis se détournent. Elle exerce sur les inconnus le pouvoir de l'horreur. Elle attire et repousse. Et elle a honte. Un homme, il y a longtemps, lui a fait cette blessure avec une machette. A cause de l'enfant. Sans prendre le temps de soigner sa blessure, elle avait amené l'enfant à ce centre d'accueil dont elle avait entendu parler. Elle avait dit : Je suis sa sœur. A l'époque, elle avait l'âge auquel on ne peut être que la sœur de son fils. Et elle avait honte. Pas de moyens, mais la honte. Aujourd'hui, c'est pareil. Pas de moyens, et encore la honte. Mais elle a oublié l'homme, la violence, les plaisirs aussi. Les coups, la jouissance. Ensemble ou se succédant. Sans transition. Elle a oublié son corps et jusqu'au souvenir qu'à vingt ans et quelques années on a droit à des lendemains. Lendemain. Le mot n'existe pas dans son vocabulaire. Le mot anniversaire non plus. Pas pour elle. La seule chose dont elle se souvient, c'est le jour de sa visite mensuelle au Centre. Le jour où elle va voir son frère. Les autres l'appellent et lui disent : Ta sœur est là. Elle ne peut se défaire de la honte lorsque les autres examinent en passant le côté gauche de son visage. Une sœur balafrée, ça fait déjà beaucoup. Une mère, c'eût été pire. Alors il vaut mieux qu'il ne sache pas. Cette visite mensuelle et ce statut de sœur lui suffisent. Il grandit bien. Il lit. Il ne se laisse pas faire et il exerce déjà une influence positive sur les autres. Il se débrouillera bien. Il a un visage d'ange qui va bien avec son prénom. C'est elle qui a choisi le prénom. Toute seule. A cause des consonances. Il y a des ailes dans ce prénom. On le prononce. Et, comme une douceur inépuisable, il continue de flotter dans l'air. C'est un prénom en vol d'azur, une musique d'ailes pour aller loin. Cette certitude la rend heureuse et elle oublie son présent à elle, ne sent pas l'odeur de misère sur ses vêtements, dans ses cheveux, l'odeur sale de l'atmosphère. Une chose cependant l'inquiète. Ce sac qu'ils ont caché ici, en l'accrochant à des clous, sous le couvercle de l'ancienne fosse qui ne sert plus. Toutes les semaines, il vient accompagné d'un petit dont les yeux n'arrêtent jamais d'explorer les alentours, ils s'enferment dans la fosse et ressortent toujours contents. Un jour, il était si content qu'avec de la craie il a dessiné une étoile sur la tôle de la porte. L'étoile, la pluie l'a effacée depuis longtemps, mais la femme a acheté de la craie, et elle la redessine à la même place autant de fois que nécessaire. Comme ça, quand il lui rend visite, il y a deux étoiles, l'étoile de craie et l'étoile vivante qui n'a pas besoin de savoir qui est sa mère.

Il l'appelle toujours "ma sœur". Il a commencé à venir la voir il y a trois ans. Au début elle avait honte de l'accueillir dans ce taudis, mais il lui a simplement demandé de ne pas laisser savoir qu'il venait chez elle et de continuer à le visiter une fois par mois au Centre en donnant l'impression qu'ils ne se voient qu'à l'occasion de cette visite mensuelle. Mes visites ici, il faut que cela reste un secret entre nous. Il avait onze ans quand ils ont fait ce pacte. Elle est heureuse de partager un secret avec lui. Fière. Comme une enfant à laquelle ses parents feraient suffisamment confiance pour lui donner à accomplir une tâche essentielle. Cette confiance a failli la perdre. La fierté rend naïf. Naïve, elle a cru un instant qu'un secret partagé ouvre la porte à d'autres secrets, et elle a songé à lui révéler la vérité. Elle s'est ravisée à temps. Elle n'a pas révélé qu'une sœur peut être une mère et elle ne lui a pas demandé ce qu'ils cachent dans ce sac. Elle ne se reconnaît pas de droits sur lui. Derrière la confiance, elle croit déceler de l'affection dans sa voix lorsqu'il dit "ma sœur". Mais dirait-il "ma mère" avec la même tendresse ? Elle se contente du peu d'affection qu'elle perçoit dans sa voix et n'osera rien faire qui pourrait venir mettre l'affection en danger. En demandant plus, elle pourrait détruire le peu d'affection et de confiance qui existe entre eux. Elle refuse donc d'abandonner le connu pour l'inconnu et se contente des "bonjour ma sœur", "au revoir ma sœur" qui font son bonheur. Et puis une sœur, surtout avec une balafre, n'entre pas en compétition avec une jolie jeune fille. Mais une mère, qui peut savoir comment elle réagirait, comment lui réagirait, comment la jolie jeune fille réagirait ? Les mères dérangent les amoureux, réclament des droits, essayent de s'imposer. Les grandes sœurs sont des accessoires auxquels on a parfois recours sans qu'elles en tirent de privilèges. Les mères jugent toujours leurs demandes légitimes et souffrent et font souffrir quand elles estiment qu'on les néglige. Elle préfère rester sœur. Elle ne s'imposera pas. La jolie jeune fille n'est venue qu'une seule fois. Le petit aux manières d'espion n'était pas avec eux. Il y avait un autre garçon, plus âgé, presque un jeune homme. La jeune fille voulait savoir ce que signifiait l'étoile de craie sur la tôle de la porte. Il lui répondait qu'il l'avait dessinée comme ça. En souvenir d'un pacte avec ses trois meilleurs amis, ses seuls amis avant elle et son groupe. Ce jour-là, la femme s'en souvient, il y avait non plus deux mais trois étoiles : l'étoile de craie sur la porte, et deux étoiles vivantes. Son fils regardait la jeune fille comme on regarde la beauté même. Il avait trouvé son étoile vivante. Elle aussi, à quinze ans, elle avait cru trouver son étoile vivante. Cela s'était terminé sur un coup de machette et un fils qui n'a pas besoin de savoir qu'il a une mère qui a peur pour lui, ni de savoir que les étoiles ça brille et puis ça casse et laisse sur les visages de vilaines cicatrices.

Le troisième groupe est le plus disparate. Un garçon marche devant. Derrière lui avancent une jolie jeune fille et un garçon plus âgé. Celui qui marche devant est en réalité celui qui suit. Avant sa rencontre avec le garçon plus âgé et la jeune fille, d'autres le suivaient. Il était le leader. Il avait pris la défense de deux garçons de son âge qui n'aiment pas les corps des filles. C'est parti de là. Il avait dit qu'il n'y a pas assez d'amour et qu'il faut le prendre là où on le trouve. Il ne peut dire d'où lui était venue cette idée. Il a souvent comme ça des idées qui lui viennent et qu'il partage avec ses amis, suivies de maux de tête dont il ne parle à personne. Autrefois ses amis le prenaient pour une sorte de héros. Devant un cinéma désaffecté il avait eu une autre idée : s'acheter une étoile. Cette idée non plus, il ne saurait dire d'où elle lui était venue. Pas une idée, un rêve. On a le droit de concrétiser ses rêves. Il a conscience d'avoir trahi ses deux grandes idées, de ne plus obéir à ses commandements. Il ne prend plus l'amour là où il le trouve, chez ses amis, il le cherche ailleurs, chez cette jeune fille qui marche derrière lui. C'est lui qui la suit. Il suit la jeune fille et le garçon qui marchent derrière lui. Il les suit parce qu'il est plus facile de suivre que de diriger. Il les suit, parce que suivre le protège des maux de tête. Il les suit parce que la jeune fille demande à être suivie en sa beauté, en sa révolte généreuse apprise dans les livres. La jeune fille et le garçon plus âgé ont tout appris dans les livres. Ils ont grandi avec des parents. Protégés. Surprotégés. Surtout la jeune fille qui a appris dans les livres à sortir toute seule ; qui a appris dans les livres qu'il existe des lieux de vie comme celui où elle se trouve aujourd'hui à suivre le garçon qui la suit ; qui a appris dans les livres que, pour construire, il faut détruire. La jeune fille a choisi de détruire. Avec ses amis. Pour construire ensuite. Avec ses amis. Elle s'appelle Johanne, mais elle a choisi un autre nom : Yanick. Dans sa vie officielle, avec ses parents, ses camarades de classe, elle s'appelle encore Johanne. Mais avec ses vrais amis, dans les réunions clandestines, elle s'appelle Yanick. Le garçon qu'elle suit et qui la suit est tombé amoureux de Yanick. Il a rencontré Yanick dans une réunion. Une réunion organisée par un groupe de jeunes qui ne lui ressemblent pas et disent vouloir changer le sort des gens comme lui. L'idée d'une étoile pour le bonheur du monde entier, ce n'est pas Yanick qui la lui a mise dans la tête. Elle lui est venue entre deux maux de tête. Il a toujours aimé partager. Yanick a dit des choses qu'il pensait sans avoir les mots justes. Il veut qu'elle parle à ses amis, qu'elle exerce sur eux son pouvoir de convaincre. C'est bête qu'ils ne puissent être tous ensemble. La perspective d'un choix, d'une rupture, augmente ses maux de tête. Elle leur parlera. La chose sera réglée. Y a pas de raison. Ils l'aimeront, même les deux qui n'aiment pas les corps des filles. Lui, il aime les mots de Yanick, les lèvres de Yanick, le corps de Yanick. Il aime tout ce qui le rapproche de Yanick. Et Yanick l'aime beaucoup. Elle s'est révoltée dans les livres, elle a rencontré un vrai pauvre. C'est pour les gens comme lui qu'elle a adopté la cause. Sans les connaître. Maintenant elle en connaît au moins un. Pour de vrai. Elle est contente de fréquenter la matière de la cause. D'y croire encore après avoir fait connaissance avec la réalité. Elle aime son énergie, travailler avec lui, distribuer des tracts avec lui. Prendre des risques avec lui. Elle aime qu'il ait tué pour la cause. Elle sait que c'est aussi pour elle. Tous ceux qui adoptent la cause n'ont pas la force de tuer. Elle aime, mais elle ne l'admettra jamais, qu'il ait tué pour la cause et pour elle. Cela lui plaît, mais cela la dérange en même temps. Elle est éblouie par une conscience sociale de quatorze ans, mais elle ne s'attendait pas à ce que, hors des livres, les pauvres aient des désirs, des maux de tête. Elle est la seule à qui il a parlé de ses maux de tête, à part son "petit partenaire". Sous Yanick il y a Johanne. Et Johanne ne peut aimer le garçon que Yanick est en train de suivre dans ce quartier pourri, ce garçon qui suivrait Yanick n'importe où. Yanick-Johanne ne peut aimer d'amour qu'un bénévole comme elle qui se bat pour les autres. Elle ne peut pas aimer d'amour la matière de la cause. Elle lui expliquera un jour la différence entre l'humanisme et le grand amour. Il comprendra. Il l'écoutera. Il écoute tout ce qu'elle dit. Il adhère à tout ce qu'elle dit.

Dans la maisonnette il n'y a pas d'électricité. La femme a allumé une bougie. Quand le troisième groupe entre dans la maison, elle est étonnée de voir le garçon accompagné de la jolie jeune fille et d'un garçon plus âgé. Ces deux-là sont d'un autre monde. Des enfants nés de justes noces. Leur sœur n'est sûrement pas leur mère. La femme n'est pas rassurée de voir ces beaux enfants qui ont de vrais parents et des têtes de premiers de leur classe traîner ici. La première fois qu'elle les avait vus, elle avait été frappée par leurs airs convaincus et cette résolution de fanatiques qui brillait dans leurs yeux. Les enfants des riches disposent des grands moyens et l'oisiveté parfois leur donne des idées folles. Ce sont de mauvaises fréquentations pour un garçon qui fait son chemin. Bien sûr, elle souhaite qu'il avance et s'installe dans une autre vie, mais pas trop vite. Une progression trop rapide, c'est dangereux, contre nature. Elle ne s'autorise pas à lui faire part de ses réflexions. Ce genre de réflexions, on les trouve en bonne place dans les manuels de sagesse que les mères transmettent à leurs fils. Une mère parle d'en haut, comme un oracle de proximité. Elle ne sait pas parler le langage des mères. Le garçon a allumé une deuxième bougie. Il n'a pas embrassé sa sœur, il ne l'embrasse jamais. Le garçon plus âgé et la jolie jeune fille ont juste dit bonsoir. Le jeune ancien leader a perçu l'inquiétude sur le visage de la femme. Il a appris à lire derrière la balafre. Il a compris depuis longtemps des choses qu'elle perd son temps à vouloir lui cacher. Il l'appelle. Elle le suit. Ils sortent de la maisonnette. Il lui demande de les laisser seuls, lui et ses amis, de revenir dans une heure. Elle ne veut pas partir. Le mensonge n'a pas détruit son instinct de mère. De la mère elle n'a pas les pouvoirs mais elle garde l'instinct. Elle a envie pour une fois de lui imposer sa volonté, à son fils étoile vivante, de faire acte d'autorité, d'exiger qu'il lui avoue ce qui se passe, de le pressurer, de le frapper même, s'il le faut, d'obtenir par la force ou la persuasion qu'il lui révèle qui sont ces gens, je suis ta mère, dis-moi c'est quoi ce sac, à quoi joues-tu ? Mais elle n'ose pas. A cause de la honte. Et puis des mots comme ça, on apprend à les prononcer. Faut du temps. On n'impose pas comme ça, soudainement, son autorité. Elle a caché sous la balafre toutes les questions qu'une mère pose à son fils lorsqu'elle pressent un danger, une menace. Les questions se nouent dans son estomac, montent jusqu'à la gorge, atteignent les cordes vocales. Elle balbutie, recule, balbutie de nouveau, force enfin sa bouche à oser un début de question. Mais il bloque la sortie des mots avec ses mots à lui. Ne t'inquiète pas, ma sœur. Il a prononcé les mots avec tendresse. Et elle s'en va, résignée, sans savoir où traîner son inquiétude. Elle n'ira pas loin. Dès qu'elle ne sent plus son regard dans son dos, elle contourne la maisonnette et se cache dans un coin où ne vont que les chiens. Elle s'est accroupie dans ce coin de la cité que les humains abandonnent aux bêtes. C'est son coin à elle. Il y a quinze ans, il y a avait moins de rats. Moins de chiens. Moins de maisons. Moins de merde aussi. Celle dans laquelle on vit, et celle qui sort des corps. Il y a quinze ans, la fosse dans laquelle est caché le sac qui l'intrigue n'était pas encore comblée. Il y a quinze ans, la cité était présentée comme un quartier créé pour accueillir les ouvriers, les loger dignement, pas loin du parc industriel. Comme ça, les entreprises pourraient fleurir et les ouvriers économiser sur les frais de transport. Comme ça tout aurait dû se développer au profit de tout. Seulement les autorités ont oublié l'eau potable et l'école maternelle. Seulement les industriels ont cessé d'investir quand la marge de profit a diminué. Seulement les usines ont commencé à fermer au fur et à mesure. Et les gens sont restés, et le nombre de rats et d'enfants a augmenté. Les enfants, il y a quinze ans déjà, il y en avait trop. Il y en avait même dans le ventre d'autres enfants qui travaillaient dans les usines. Elle se souvient d'avoir travaillé. Elle se souvient des boutons, des chemises, de la paye, tant de boutons, tant de gourdes, tant de chemises, tant de gourdes. Elle se souvient de l'homme-étoile avec lequel elle avait fait l'amour un soir, dans ce coin où elle s'est réfugiée pour obéir aux ordres de son fils et attendre. Elle se souvient de la fermeture de l'usine, de sa grossesse, du regard de l'homme changeant, durcissant à mesure que l'enfant prenait vie dans son ventre d'enfant. Elle se souvient des disputes au quotidien, on ne peut pas le garder, il faut t'en débarrasser, non je veux le garder. Elle se souvient d'avoir dit qu'elle ne le garderait pas un soir, après l'amour, parce que c'est bon l'amour et ça vous fait dire n'importe quoi. Elle se souvient d'avoir dit le lendemain qu'elle le garderait, parce que, le corps apaisé, l'esprit reprend ses droits, et son esprit lui disait de le garder. Elle se souvient des premières baffes ce jour-là. Et puis des baffes qui ont suivi, chaque jour ou presque, jusqu'à la fin de la grossesse. Et puis l'accalmie les jours qui suivirent l'accouchement. Jusqu'au soir où l'homme a dit : C'est lui ou c'est moi. Ce soir-là elle a dit : C'est lui et il y a eu beaucoup de sang. Pour la machette elle n'en veut pas à l'homme. Elle l'avait prise la première. Il était plus fort qu'elle, et dans une bagarre, en général, c'est le plus fort qui gagne. Elle n'en veut pas à l'homme pour la machette. Elle en veut à la vie pour les usines fermées, pour le prix de la douzaine de chemises qu'on ne pouvait même plus lui payer, pour les rats, pour la cité tombeau. Elle en veut à la vie de n'avoir jamais pu dire à son fils : Tu es sorti de mon ventre et j'ai choisi ton prénom, toute seule, à cause du bruit d'ailes. Je t'ai donné un nom d'envol pour échapper aux rats. Aujourd'hui elle sent une obscure menace qui peut briser l'envol, et elle s'est cachée dans le coin aux bêtes, pour attendre et le secourir. Lui est rentré dans la maison. Pas une maison, une pièce. Il l'a regardée partir, puis il a rejoint les autres à l'intérieur. Il n'a pas dit maman. Il n'a pas appris à prononcer ce mot. Mais il sait depuis longtemps, il a toujours su. Au Centre, il n'est pas le seul à avoir une maman sœur. Il ne lui a pas fait de promesse, mais dans son étoile à lui il y avait un peu de place pour elle. Un peu de cash pour elle. Quand il aura réussi. Il avait prévu de lui faire la surprise du cash et du mot. Au moment du partage en quatre parts égales. Ses maux de tête le reprennent. Il pense trop de choses. Il ne veut plus penser. Tout lui paraît simple. Il pense à tout le monde en même temps et voudrait rassembler tous les chercheurs d'étoiles. Il a proposé la réunion pour discuter avec ses trois amis. Il laissera Yanick parler. Il est mieux que ce soit Yanick qui parle. Yanick, elle parle bien, elle est douée pour convaincre. Franck, il parle trop comme une lecture à voix haute. Les autres, ils n'aimeraient pas ça. Et il faut mettre tout le monde d'accord. Oui, mettre tout le monde d'accord. La paix chassera les maux de tête. Yanick et Franck – le vrai prénom de Franck n'est pas Franck mais Andy – ont consenti à discuter avec les autres. Franck ne voulait pas au départ, mais la seule action du groupe, à part les tracts et les cellules, c'est lui qui l'a menée à terme. Franck n'osait pas. Franck, il a la culture pour penser, et les idées, et le langage. Mais tirer sur un homme, il sait pas. Le jeune leader devenu suiviste n'a pas tiré sur un homme. Il a pensé à cette femme qui ne sait pas qu'il sait. Il a pensé à ses camarades pensionnaires. Il a pensé à Yanick qui pense comme lui sans lui ressembler, à Yanick qui est trop belle pour ne pas avoir raison dans ses convictions. Et il a voulu donner un coup de main au groupe. Il a passé sa vie à donner des coups de main. L'homme est mort. Depuis l'homme est devenu plus humain qu'il ne l'était de son vivant, dans sa voiture de luxe et avec plus d'argent sur son compte en banque qu'il n'en circule dans la cité. Et les maux de tête viennent au jeune ex-leader devenu suiviste avec plus de force et plus souvent. A chaque pensée. A chaque image. Quelque chose dans sa tête a besoin de paix, de gratuité, d'enfance. Tout est affaire de don et de retenue. Le jeune ex-leader devenu suiviste ne cultive pas la retenue et il est en demande. Qu'ont-ils tous à être si compliqués, à chercher des raisons de retenir quelque chose pour eux seuls ? Ils ont tous quelque chose qu'ils ne veulent pas donner. Ses amis. Yanick. Tous. Son mal de tête augmente tandis qu'avec Franck et Yanick ils s'installent pour attendre les autres. Franck est debout contre le mur, à l'intérieur de l'ombre, loin de la lueur des bougies. Yanick s'est assise sur le sol humide. Elle est belle, même assise dans la posture d'un cygne qui veut jouer au canard. Lui ne sait pas où se mettre. Il reste debout au milieu de la pièce. Il regarde la porte. Dehors il y a l'étoile qu'il a dessinée et que la femme accroupie dans un terrain vague, silencieuse et inquiète, ressuscite à grands coups de craie. Cela aussi, il le sait depuis le début. Faut être bête comme une mère pour imaginer qu'un bébé se laisserait berner par l'idée du miracle d'une craie indélébile. La porte s'ouvre. Elle s'ouvre sur l'extérieur et il ne voit pas l'étoile. Entre son meilleur ami, dans des vêtements neufs, très chic et trop grands. La joie. Une seconde de joie. Et de nouveau le mal de tête. Derrière son ami avance un homme avec des vêtements choisis et une allure pas naturelle. Ce n'était pas prévu. La présence de l'inconnu alourdit l'atmosphère. Dans son coin, debout contre le mur loin des lueurs des bougies, Franck se raidit. Heureusement, c'est lui qui a l'arme. Yanick s'est levée, elle regarde le garçon debout au milieu de la pièce, ses yeux l'interrogent sur la présence de cet adulte qui accompagne son ami. Il n'a pas le temps de répondre. Entre le deuxième groupe. Le plus petit, celui qui a toujours servi d'éclaireur, tient une arme et un petit sac. Le grand tient le grand sac. Les deux autres garçons ont compris. Futé, le petit. Avec le grand à la tête bosselée et aux jambes trop maigres, ils ont dû longer les latrines, marcher dans la matière infecte du bord de mer, enlever le sac de la fosse. "On n'a pris que notre part. J'ai fait le calcul. On ne vous a pas volé un centime. Le reste, on ne veut pas savoir." Le grand pose le grand sac, et ils commencent à s'en aller, à reculons. Mais l'arme a fait peur à Franck, plus encore que la présence de cet adulte dont il ne connaît pas l'identité. Franck a peur des armes, il l'a vérifié il n'y a pas longtemps, il n'a pas pu tirer. L'autre, le nouveau, l'a fait à sa place. Aujourd'hui c'est différent. Il faut vivre pour servir la cause. Franck-Andy s'en voudrait de mourir ici. Il a besoin de temps pour devenir un vrai révolutionnaire, ne pas ressembler à son père, à ses amis officiels avec lesquels il se résigne à participer aux courses de motos et à discuter de choses futiles comme si l'avenir du monde en dépendait. Il a honte. C'est pour cela qu'Andy a inventé Franck. Jusqu'ici il n'est rien que l'enfant du profit. Il a besoin de temps pour pouvoir construire sa propre image, sortir du prévisible. Il a besoin de l'avenir pour mériter de vivre. Debout dans son coin, pour ne pas mourir sans mériter de vivre, Franck-Andy sort son arme à lui. Mais celui qui est né dans la rue a appris depuis petit à observer tout ce qui bouge autour de lui, et sans le vouloir il tire. La pièce est petite, trop petite pour contenir le bruit du coup de feu qui fait trembler les murs, sort de la maisonnette, envahit le quartier, arrête les conversations, les parties de baise des amoureux réfugiés dans les latrines pour échapper à la promiscuité, les crises de larmes des enfants malades, les querelles de ménage, réveille les rares habitants du quartier qui avaient réussi à s'endormir malgré les piqûres des moustiques, les allées et venues des rats et le mélange d'odeurs pourries qui s'infiltre dans les narines sans qu'on puisse le chasser, ne serait-ce qu'un instant, d'un geste de la main comme les moustiques et les bigailles. Depuis le coin de terrain vague où elle est allée cacher son inquiétude, la femme a entendu le bruit du coup de feu. Et elle court. Elle court aussi vite que ce soir où elle a couru vers le Centre, le visage en sang, un enfant dans ses bras. Elle court. Elle s'en veut. Elle n'aura jamais plus honte. Qu'est-ce que la honte ? C'est la vertu des paresseux. Elle ne vaut rien, la honte. J'arrive, mon petit. Je suis ta mère balafrée. Je suis ta mère grosse à seize ans. Je suis ta mère, et aucun mal ne te sera fait sans qu'on me passe sur le corps. Pendant qu'elle court en attirant sur son passage les aboiements des chiens et la panique des rats, pendant qu'entraînée par sa course elle tombe et se relève motivée par l'espoir et le désespoir, elle entend un deuxième coup de feu. Et elle court dans la direction des coups de feu, toute d'angoisse et d'espérance. Un chien plus brave que les autres s'accroche à sa robe, la déchire, mais la vitesse de la femme l'oblige à lâcher prise. Les chiens aussi ont entendu les coups de feu, et cela les énerve. Le deuxième coup de feu, ce n'est pas le plus futé des membres du deuxième groupe qui l'a tiré. Au moment où la femme entend le deuxième coup de feu, elle n'est plus qu'à une trentaine de mètres de la maison et elle croise les membres du deuxième groupe. Le deuxième groupe court plus vite que la femme. Elle n'a pas couru les trente mètres qu'eux sont déjà loin, le grand maigre tenant le petit par la main et l'entraînant dans son élan. Le petit aux manières d'espion serre un sac contre sa poitrine. La femme a vu le sac. Il n'est pas aussi grand que le sac que le petit aux yeux qui voient tout avait aidé son fils à cacher dans la fosse, à quelques centimètres du trop-plein de matière fécale. Tandis qu'elle court la distance des trente derniers mètres qui la séparent de l'étoile sortie de son ventre, la femme n'a pas le temps de s'en vouloir. Le remords peut attendre. L'urgence est d'atteindre les coups de feu. Et, pour combattre l'angoisse, elle en appelle au pouvoir du prénom qu'elle lui a choisi. Il y vole des ailes d'ange. C'est un prénom qui plane, et les êtres qui planent ne viennent pas brûler leurs ailes ici, au pays des chiens et des rats. La femme arrive enfin devant la maison. La porte est ouverte, elle n'a pas à la pousser. Elle voit d'abord le grand sac au milieu de la pièce, elle voit ensuite Andy-Franck qui tremblote dans son coin d'ombre. Il s'est affaissé et tient l'arme sans la tenir, semble attendre qu'elle tombe d'elle-même. Elle voit ensuite la jolie jeune fille qui a sali ses jeans sur le sol et avec l'eau de son corps qui s'est mise à couler malgré elle. Il y a aussi celui qui est toujours avec son fils quand elle va le voir au Centre. En souriant d'une seule joue, du bon côté de son visage, et croyant parler leur langage, à chaque visite, elle interroge gentiment son fils : Comment va ton "petit partenaire" ? Il avait utilisé l'expression une fois, quand ils étaient tout petits. Il avait dit : "Lui, c'est mon petit partenaire" et, comme font les mères, elle avait gardé l'expression comme si chaque parole qu'on dit devait vivre une éternité et, maintenant qu'il avait grandi, elle conti-nuait de lui parler dans la langue des bébés. Le "petit partenaire" est couché sur le dos. Et ce n'est pas l'eau de son corps qui a sali sa chemise neuve. C'est le sang. La femme sait d'expérience que le sang, lorsqu'il se met à couler, il a du mal à s'arrê-ter. Le "petit partenaire" est couché sur le sol, et l'homme a posé une main sur la blessure, mais le sang est têtu. Elle voit enfin son étoile vivante, l'étoile qui est sortie de son ventre. Son étoile ne saigne pas. Son fils n'est pas blessé. Il n'a pas reçu de balle dans le ventre. Mais c'est dans sa tête que son corps va mal. C'est dans sa tête que tout se brouille et qu'il a mal. Mal à la faire éclater. Sa bouche est ouverte. La femme sent venir le cri. Le deuxième coup de feu, c'est Andy-Franck qui l'a tiré. Le premier coup de feu n'a blessé personne. Il a fait peur à la jolie jeune file qui s'est jetée sous le lit, à l'homme qui s'étonne de n'avoir pas tremblé pour lui mais pour le petit bavard qui a gâché sa vie. Il n'a nullement effrayé celui qui l'a tiré. Le petit futé voulait juste s'en aller, lui et son ami, avec leur part. C'est ce qu'ils ont fait. L'arme, il l'avait chargée à blanc, histoire de foutre la trouille aux deux rigolos qui prétendent changer le monde. Entraîné par le grand au crâne bosselé et aux jambes trop maigres, il a couru sans se retourner. Ils ont entendu le deuxième coup de feu. Un vrai, celui-là, annonçant sans doute un vrai malheur qui, dommage pour les autres, sans souhaiter mal à qui que ce soit, n'était déjà plus leur affaire. Le premier coup de feu a fait peur à tous sans causer de mal à quiconque, y compris au petit bavard aux habits neufs qui s'étonne de n'avoir pas tremblé pour lui mais pour celui qui fut et restera son leader, au jeune ancien leader devenu suiviste qui a tremblé pour lui et pour tous, qui essaye d'aimer tout le monde à la fois, à Franck-Andy qui veut vivre pour mériter de vivre. Franck-Andy a tiré sans viser, sans le vouloir, simplement parce qu'il a une arme dans la main et peur de mourir. Les balles aussi se suivent et ne se ressemblent pas. La balle tirée par l'éclaireur a suivi une trajectoire de l'extérieur vers l'intérieur, en évitant le centre de la pièce où il y avait au moins trois corps, et n'a blessé qu'un pan de mur. C'est le saut en arrière d'Andy-Franck qui a fait tomber quelques vieilles briques collées au crachat, laissant entrer plus d'air sale et de moustiques dans la pièce. Le deuxième coup de feu a suivi une trajectoire inverse, de l'intérieur vers l'extérieur, en ne sachant pas éviter le centre de la pièce où il y avait au moins trois corps, frôlant la hanche gauche de l'homme pour faire un trou dans la chemise neuve du petit bavard qui s'est écroulé sans un cri. L'homme est penché sur lui. Le petit bavard n'a pas fermé les yeux. Sa bouche n'est pas en état de parler. L'homme entend dans ses yeux les mots que sa bouche ne dit pas, exactement comme à leur première rencontre. Les mots muets du petit bavard implorent, espèrent. Dans son coin

Andy-Franck n'a pas fini de trembloter et la jolie jeune fille pisse comme une fontaine. Le garçon au prénom d'ange qui veut du bonheur pour tout le monde et l'amour de la jolie jeune fille a les yeux fixés sur son "petit partenaire" qui saigne comme un cochon. Il n'y a que deux adultes dans la pièce, une mère, et peut-être un père. Ainsi pense la femme. C'est aux adultes de faire face. La femme effacée considère désormais la cicatrice sur sa joue gauche comme une blessure de guerre dans une guerre qui n'est pas finie. C'est une mère générale qui commande à ses troupes. Elle s'avance vers Andy-Franck, se baisse, lui prend l'arme des mains et la projette de toutes ses forces dans la direction des latrines qui constituent la dernière frontière entre la cité et la mer. Puis elle ordonne à l'homme d'emmener celui qui saigne vite chez un médecin, sinon il va mourir. L'homme prend le petit bavard par les aisselles et le hisse sur son épaule. Il s'apprête à partir. La femme lui dit de prendre aussi le grand sac. Je ne veux pas de ça ici. L'homme porte le petit bavard sur son épaule droite et tient le sac de la main gauche. La femme sort avec lui et lui indique le chemin le plus court pour sortir de la cité et tomber sur les rues où il passe des taxis. L'homme essaye d'aller vite. Il a peur du silence sur son épaule.

Au moment où les membres du premier groupe sortent de la pièce et commencent leur lente marche, les membres du deuxième groupe sont presque arrivés à destination. Le grand maigre est un vrai spécialiste et il sait où il va. Il entraîne son compagnon qui serre le petit sac contre sa poitrine jusqu'aux abords de la gare routière. Là ils se cacheront dans un coin, resteront assis le temps de reprendre leur souffle, enlèveront l'argent du sac et le mettront dans les poches des shorts qu'ils cachent sous leurs pantalons, ajusteront leurs vêtements, se répéteront les consignes : pas de câlins ni de cajoleries une fois montés dans le camion, et attendront, anonymes et sans penser à rien, l'heure de l'embarquement.

L'homme, quant à lui, n'a rien d'un spécialiste et il ne sait pas où il va. Le petit bavard qui a parlé toute la semaine est bien plus lourd que les haltères qu'il soulève une fois par semaine dans une salle de gym fréquentée par ses pairs. Et les haltères ne s'enferment pas dans un silence inquiétant interrompu seulement par des plaintes et des convulsions. La chemise neuve, trop chic, trop grande, colle maintenant à la peau du petit bavard, à cause du sang. Elle colle aussi à la peau de l'homme qui, arrivé dans une vraie rue, pose le garçon et le sac sur le sol et arrête un taxi de nuit. C'est la deuxième fois qu'ils prennent un taxi. La première fois, c'était de jour. Le garçon portait des vêtements de fuyard et l'homme un costume dernier cri. Le chauffeur les avait pris pour un homosexuel en rut et une pute mal lavée. L'homme se souvient d'avoir lu dans les pensées du garçon "on s'en fout" et ordonné au chauffeur de regarder devant lui. C'est un autre chauffeur qui regarde dans le rétroviseur. Le garçon a posé sa tête sur l'épaule de l'homme, comme la première fois, mais le chauffeur ne les prend pas pour un couple illégitime. Il a vu le sang. Le garçon dort. L'homme a posé sa main sur la blessure, pour arrêter le sang, et pleure presque. Son désespoir n'est pas celui d'un amant. L'homme surprend le regard du chauffeur dans le rétroviseur, se reprend, redevient une machine, un battant. Il sort son portefeuille et dicte une adresse au chauffeur en lui offrant beaucoup d'argent. Puis, de nouveau humain, par besoin de complicité il se dit que les taxis de nuit sont peut-être plus intelligents que ceux qui roulent le jour, plus sensibles à la mauvaise vie qui erre dans la ville, il ajoute "s'il vous plaît".

Ne restent dans la pièce que la femme et les membres du troisième groupe. Ils n'ont plus rien d'un groupe. La jolie jeune fille ne reconnaît plus les deux garçons. Ils ont vieilli. Elle ne se reconnaît pas non plus. D'ordinaire elle a de l'assurance. C'est facile d'être Johanne, il suffit de dire les mêmes bêtises que ses amies, de porter les mêmes vêtements qu'elles. Elle sait jouer à merveille le rôle de la jeune fille qui habite un pays qui n'est pas son pays mais le lieu où ses parents ont établi leur commerce. Ses amies ne sont ni des jeunes filles ni des femmes en devenir, ce sont des clones. Dans la compagnie des clones elle fait très bien le clone et cache son mépris. C'était facile d'être Yanick. Elle est douée pour les études et comprend mieux que les autres les textes qu'ils étudient ensemble. C'était facile d'être Yanick quand on n'est pas bête et qu'on fréquente Johanne. Yanick n'est pas bête et, fréquentant tous les jours la bande de clones à laquelle appartient Johanne la clone, elle se sait supérieure à son autre moitié. Mais là il y a du sang et de l'imprévu. Le sang d'un garçon qui ne mérite pas de mourir. Il y a le visage décomposé de celui qui a tiré. Elle ne sait duquel de ses deux prénoms l'appeler. Il ressemble aux deux en même temps. Il y a ce garçon qui ferait tout pour elle, ce garçon qu'elle a entraîné dans leur groupe. Elle sent qu'il va se mettre à hurler, que lui, comme elle, comme Franck-Andy, perd le contrôle. Et elle panique devant cette perte de contrôle quasi générale. Et coule le liquide de son corps, comme lorsqu'elle était gamine et que sa mère lui disait : Tu es trop grande pour faire ça sur toi. Sa mère la voulait trop grande pour les choses qui lui paraissaient naturelles et trop petite pour poser les questions qu'elle posait sur la vie, sur les domestiques, sur l'origine de la richesse, sur la tristesse dans les yeux des enfants qu'elle regardait marcher dans la rue sans être accompagnés par des adultes. Elle a grandi toute seule et cherché les réponses aux questions. Aujourd'hui elle est redevenue petite et le liquide coule et mouille ses jeans. Celui qui a tiré voit la tache que fait le liquide qui coule. Mais il ne pense pas, n'interprète pas. Il tremble et ne pense pas. Dans son coin celui qui a tiré tremble encore. Le leader transformé en suiviste regarde celui qui a tiré. Celui qui a tiré se sent mal. Sa balle a atteint le garçon aux vêtements neufs, en plein dans le ventre. Il a vu le sang. Il n'aime pas le sang. Il n'est plus sûr que pour mériter de vivre il soit nécessaire de verser le sang soi-même. Il n'a jamais été sûr de cela. Au départ, pour être confortable, l'idée c'est de ne pas être un enfant du profit comme les autres. Fréquenter un lycée à part. Habiter un monde à part entouré de chiens et d'agents de sécurité. Au mieux, comme réussite personnelle, il ajoutera un supermarché ou une nouvelle usine au patrimoine familial, s'il gère bien le cash de départ que lui avanceront ses parents. Ce n'est pas difficile. Gérer le cash, tout le monde sait faire, dans son milieu. Les échecs sont rares, quand il s'agit d'appliquer les mêmes recettes et de jouir des mêmes avantages. Et puis, même s'il échoue, ce ne sera pas un véritable échec. Au pire, il ne saura rien gérer, sa famille s'accommodera de son incompétence et on lui donnera un titre de vice-président dans un quelconque conseil d'administration. Il épousera une cousine au teint clair qu'il trompera et qui le trompera, non par désir mais par ennui. Le malheur d'Andy, c'est de croire au pouvoir d'invention du vivant. Et de classer parmi les morts les champions de la répétition. Dans son lycée interdit aux autres, les profs l'ont jugé brillant en philosophie. "Andy, vous êtes brillant." Il en a marre de s'appeler de ce prénom qui le classe dans l'éloignement du sommet des collines où chacun vit seul avec sa fortune. Il a toujours ressenti le besoin de descendre, de prendre des bains de foule, d'être utile, d'agir sur la vie. Son idéal, c'est de changer la vie en gardant les mains propres, en évitant le rouge du sang. Pas de devenir un industriel arnaqueur raciste semblable à celui sur lequel il n'avait pas pu tirer le soir où ils avaient décidé d'appliquer le slogan "Mort aux exploiteurs". Un autre avait tiré sur l'industriel arnaqueur raciste, pour la cause et pour ne pas démériter de la confiance d'une jeune fille. Celui qui avait blessé à mort l'industriel raciste exploiteur arnaqueur regarde celui qui vient de blesser son ami d'enfance de pensionnaires dans une maison d'accueil. C'est la seule enfance qu'il a eue. Elle lui devient soudain précieuse, et il ne voit pas la jolie jeune fille qui se relève de sa cachette et pense : Il faut partir. Soudain l'ex-leader devenu suiviste se sent petit, très petit, tout petit, petit presque comme un bébé, et, comme tous les bébés face à une situation qui les dépasse, il pleure. Toute la douleur gonflée dans sa tête, tous ses élans et tous ses manques demandent à sortir. Il pleure. Ce n'est pas qu'il pleure, il crie des larmes. Il tourne comme une toupie, titube, saute, attrape le drap sale du lit, le mord, descend du lit, se cogne le front contre un pan de mur, il serre les poings, se boxe le ventre, le visage, les tempes. Le bruit des larmes qu'il crie, la violence des gestes sont aussi terrifiants que le bruit de la balle qui a blessé quelques minutes auparavant son ami d'enfance de pensionnaires de centre d'accueil. Le bruit terrifie Yanick-Johanne, terrifie Andy-Franck, terrifie la femme à la balafre sur la joue gauche. Cette douleur n'est pas pour les autres. Cette douleur, c'est pour elle seule. Alors elle ordonne : Allez-vous-en ! Yanick-Johanne soutient Andy-Franck, l'apprenti philosophe qui n'a pas fini de trembler. Ils sortent. La nuit est tombée. Il y a longtemps que les habitants de la cité sont rentrés dans leurs taudis. Si la police les arrête et leur demande leur identité, ils déclineront la vraie. Si l'agent leur demande ce qu'ils font dans ce quartier, ils pourront répondre qu'ils viennent d'échapper à une tentative de kidnapping. Franck et Yanick réalisent qu'il ne sera pas facile de gagner la guerre contre Andy et Johanne. Voilà un problème que ni leur maître de philosophie ni le conseiller pédagogique ne pourra les aider à résoudre. Deux membres du troisième groupe désormais disloqué se retrouvent seuls avec leur problème de double identité. Dans sa maison d'une pièce au fond de la cité, la femme est seule avec la plaie. Et elle s'élance bravement vers les cris et les soubresauts, vers la rage sans nom et sans défense de l'ex-leader devenu suiviste, de celui qui a voulu d'une étoile pour lui et ses amis, puis d'une étoile pour le monde entier, de celui qui a trouvé son étoile vivante dans la personne de la jolie jeune fille qui s'en va maintenant en la compagnie d'Andy-Franck.

C'est un autre quartier, très loin de la cité. Avec des fleurs, des bougainvillées et des flamboyants. La femme qui a ouvert la porte ne porte aucune cicatrice. Son visage est fatigué, moins beau que lorsqu'elle est fardée. Avant que l'homme frappe à sa porte, elle était seule avec ses rides. Le corps est ferme, solide. Elle fréquente la même salle de sport que l'homme, pas aux mêmes heures. Elle a établi son horaire en fonction du taux de mulâtres. Elle va au gymnase comme à la noce à six heures de l'après-midi. C'est la bonne heure pour les peaux claires. Elle soulève des haltères plus légers que l'homme et excelle dans les exercices qui suggèrent à ceux qui regardent une ardeur et une lascivité dans les joutes amoureuses qui sont bien en deçà de la réalité. C'est une femme sans morale qui donne toujours le change. L'homme a besoin de cette femme-là, ce soir-là. Il porte sur son épaule un gamin qui est en train de mourir. Elle ne posera pas de questions. Un jour, elle fera simplement appel à ses services et ils seront quittes. Il pose le gamin sur le sol. Il lui demande d'appeler un médecin. Elle appelle un médecin. L'attente est lourde. Elle a reconnu le garçon, mais elle ne fait pas de commentaires. L'homme évite de regarder le garçon. Le médecin arrive. La femme va l'accueillir et lui fait des promesses. Elle s'est changée avant son arrivée et elle n'a plus une ride. Le médecin entre dans la chambre où l'homme et sa collègue ont couché le garçon. C'est un mulâtre aux tempes grisonnantes qui doit avoir laissé, endormis et bouffis dans le lit conjugal, un ventre mou et des kilomètres de varices. Il regarde la jeune femme qui cache ses premières rides avec des yeux concupiscents. Elle le guide vers la chambre du blessé. Il se laisse docilement guider. Le démon de midi l'appelle à son devoir. Il soignera le malade, et puis, un soir, bientôt… Il redevient professionnel et s'approche du corps. Et il se dit : Pas de veine. Une heure plus tôt, il aurait pu le sauver. Maintenant, c'est trop tard. Un miracle médical et l'affaire était dans la poche. Là, elle ne lui doit rien, sauf le déplacement. Il lui vient alors une idée lumineuse. Il dit : Je ne peux rien faire, c'est trop tard, il est mort. Et il ajoute en regardant la femme : Mais je sais comment pour le corps et le reste… L'homme ne dit rien. C'est la deuxième fois que la vie le prive de la chance de transmettre quelque chose à quelqu'un. La vie. Ou la mort. Ou les deux. L'homme ne dit rien. Quand il rentrera chez lui, il jouera pour lui seul, la télé allumée. Il ne prête pas attention au regard insistant du médecin qui attend une réponse. La femme sourit et remercie. Le médecin sourit à son tour. Cette fois, l'affaire est dans la poche.

Là-bas, dans la cité, la femme s'avance vers cette douleur qui roule par terre, se relève, se cogne contre les murs, détruit tout, blesse, déchire le corps qu'elle habite sans que le cumul des blessures suffise à l'en extraire. La femme se jette contre ce corps-cri, cette plaie vive en mal de dur contre quoi se cogner à nouveau, encore et encore jusqu'à ce qu'une douleur en tue une autre, jusqu'à ce que la douleur des chocs répétés exclue toute pensée, toute autre réalité. L'ex-leader devenu suiviste et ne sachant plus ni qui il est ni ce qu'il veut continue de se frapper le front contre les murs, de se frotter le visage contre les blocs, de taper du poing sur tout, ses doigts craquent, se brisent, son front saigne, son visage est lacéré par les grains des blocs. Une bougie est tombée sur le sol, le corps-cri a suivi la bougie, se roule sur le sol, cogne désormais contre la base en fer du lit. C'est un vieux lit en fer qui n'a de solide que ses pieds. La femme entend le bruit de l'os contre le fer, et elle oublie sa honte, la cicatrice sur sa joue gauche, plonge vers ce corps qui la rejette, elle se cramponne, se bat contre les bras qui la repoussent, la frappent, frappe-moi, mon fils, frappe-moi, laisse-toi aller, frappe-moi jusqu'à consolation, tes coups ne font pas mal, les enfants ils trépignent quand ils sont en colère, c'est normal, les enfants ils pleurent quand ils ne savent pas quoi faire, c'est normal : Pleure, trépigne, déchire, redeviens un enfant. La femme boit les coups et les larmes, tampon, elle absorbe, liane, elle s'enroule autour de la plaie, entoure les bras qui la repoussent de ses bras à elle, perd le combat, y retourne, s'accroche, serre le corps-cri contre elle pour aspirer la douleur dans son corps à elle, pleure mon fils, crie, aboie, mords, laisse-toi aller, approche son visage du visage tuméfié, le caresse des deux joues, frotte la cicatrice de son visage à elle contre les blessures de son visage à lui, boit les larmes, boit le cri, maintient l'étreinte, serre de toutes ses forces, puissante mais tendre, écrase le corps de son poids à elle, lourde mais généreuse, brise enfin la résistance des bras qui lâchent, faiblissent, abandonnent la lutte, s'avouent vaincus. Et la femme serre le garçon contre elle, le berce à sa façon, essaye de lui restituer un tout petit bout d'enfance, demain tu pourras redevenir grand si tu veux, aller te chercher des amis et faire des bêtises d'adulte, mais ce soir laisse-toi aller, bébé, mon bébé, dans mes bras, ton prénom je l'ai choisi à cause du bruit d'ailes… Mais l'ex-leader devenu suiviste n'entend plus rien. Prisonnier des bras qui l'encerclent, il s'est endormi d'un sommeil sans étoiles et sans maux de tête.

ANNE

Au bout de mon âge
Qu'aurais-je trouvé ?
Vivre est un village
Où j'ai mal rêvé.

LOUIS ARAGON

Francine a démissionné du cabinet. Elle a trouvé un poste de direction dans une ONG. Elle s'occupera désormais officiellement des enfants pauvres. D'en haut. Elle a abandonné le ton larmoyant qui faisait autrefois sa marque, et elle l'a remplacé par un mélange d'autorité et de condescendance qui n'est pas sans rappeler le langage des maîtresses d'école face aux élèves dits difficiles. Elle a le visage radieux de qui a trouvé son bonheur. Elle passe souvent à la télévision, organise des concours de poèmes et de dissertations sur des thèmes préfabriqués et dirige des séminaires de formation au profit des jeunes bénévoles et des cadres en début de carrière. Le jour, elle habite un bureau où s'empilent les dépliants sur les maladies de l'heure, les menaces qui pèsent sur l'eau de la planète, la sécurité alimentaire. Elle diffuse aux enfants une culture de banderoles tandis que travaille sous ses ordres une armée de spécialistes et d'experts aux compétences multiples : des effets de la malnutrition sur les cerveaux infantiles à la littérature jeunesse en passant par les fondements de la domesticité dans les sociétés postcoloniales et le droit des enfants. Le soir, elle fréquente les restaurants où les experts prennent rendez-vous pour discuter entre copains du monde vu par l'humanitaire. Pour parler comme Charlie – il m'arrive souvent de parler

comme Charlie –, pourquoi suis-je allé le soir de
sa mort chez la pimbêche et non chez la madone ?
Pourquoi Elisabeth et pas Francine ? Avec une
affairiste on peut faire des affaires, et elle sait
assumer les risques du métier. Il fallait un médecin.
Je savais qu'Elisabeth nous en trouverait un facilement. Francine aurait compati, sans plus. Même
pour de mauvaises raisons, quelqu'un qui vit dans
la vraie vie peut agir assez vite pour servir une
bonne cause. Mais que comprend à la vraie vie
une fonctionnaire du bien qui travaille à heures
fixes et se paye en devises ? Depuis qu'elle coor-
donne la gestion de l'aide aux nécessiteux, les
tailleurs de Francine sont bien mieux coupés et
l'on ne voit plus, dans ses yeux, toute la misère du
monde. Elle a bu une mixture de pouvoir et de
bonne conscience qui la fait exulter. Ses mœurs
sexuelles ont changé elles aussi. Désormais, c'est
elle qui invite de jeunes cadres à dîner, fait usage
de leurs corps quelques jours et les renvoie ensuite
à leur statut de subalternes. Le chef l'invite aux
réceptions qu'il donne chez lui. Le changement de
statut modifie les plans de table. Francine s'est
rapprochée du centre. Quand on est un rentier
doublé d'un avocat d'affaires dont la femme, sans
être philosophe, aime chanter à qui veut l'entendre
que "le peuple, c'est la canaille", c'est bien d'avoir
en sa demeure, pour équilibrer la tablée, une repré-
sentante officielle de l'action en faveur des pauvres,
assise entre deux grandes fortunes. Après les orchidées, juste avant de passer aux chiens, la patronne
du chef ne manque pas de rappeler que la nouvelle
grande dame de l'aide humanitaire a fait ses premières armes au cabinet Bayard. La patronne n'a
pas changé. La vieillesse qui vient l'a rendue cependant plus bavarde et quelque peu hargneuse envers
les autres femmes. Ce n'est plus "ma petite Francine"

ni "ma petite Elisabeth", mais "elles", parlant de "celles qui vendent tout pour progresser". Toute femme n'ayant pas encore atteint la quarantaine fait, d'office, partie de ce lot. Son odorat s'est aiguisé et son ton s'est durci contre "les gens du peuple". A la dernière réception qu'ils ont donnée, le chef a dû parler comme un véritable homme de gauche pour tenter de faire oublier les propos de la patronne qui considère les pluies comme une bénédiction qui arrêtera enfin la folle croissance démographique "quand le déluge viendra noyer les bidonvilles". Le chef n'a pas la vie facile. Ce doit être épuisant de devoir consacrer son temps à tenter d'appliquer un principe d'équilibre à des données incompatibles. La patronne n'a pas ce souci. Elle n'apprécie ni Francine ni Elisabeth, mais moins encore Elisabeth en qui elle doit identifier une concurrente mieux armée. Jeune, jolie, instruite. On peut être une femme riche, avoir beaucoup d'amants, un conjoint compréhensif et quelque peu équilibriste, accès à tous les soins de beauté et aux chirurgiens esthétiques, des chiens savants qui deviennent méchants sur commande, les plus belles orchidées du monde, et se laisser défigurer par la jalousie à l'idée qu'une autre femme pourrait attirer l'attention de la gent masculine. Elisabeth adore taquiner la patronne. A l'heure du digestif qu'on sert dans les jardins, elle révèle au public la beauté de ses jambes, et les hommes en oublient et la vue sur la mer et les chiens et les orchidées. D'ici quelques années, la patronne devra payer pour garder ses amants, et elle ne parlera plus que toute seule. Moi, elle m'aime bien, je suis utile à l'entreprise. C'est maintenant un rituel. Le vendredi, je dîne avec le couple. Les chiens m'ont adopté et viennent se frotter à mes jambes. La nourriture est bonne, mais j'ai du mal avec les chiens. A cause des commères. Je visualise des scènes auxquelles je n'ai pas assisté. Sacré Charlie. J'ai des moments d'inattention durant lesquels sa voix continue de parler à l'intérieur de moi, et quelquefois, sans que je fasse exprès, ses mots sortent de ma bouche. Récemment, dans les jardins de la patronne, l'auteur des toiles insipides accrochées au mur de notre salle de conférence radotait sur la liberté, le sens caché de ses œuvres et le trépas du réalisme. Quelqu'un a dit : De la merde. Je n'ai compris que les mots venaient de moi que lorsque tous les yeux se sont fixés sur moi. Sacré Charlie. Je te voyais pour la première fois et je regardais les tableaux pour fuir ton regard et ta question. Et j'ai entendu : De la merde. Devant l'ampleur du choc causé à l'assemblée, j'ai souhaité m'excuser en prétendant que, perdu dans mes pensées, j'avais l'esprit ailleurs et citais un nommé Charlie. J'ai senti dans le regard d'Elisabeth une amitié inquiète. Je ne croyais pas Elisabeth capable de sentiments, et ma conviction s'était vue renforcée par le triste destin du jeune poète qui lui consacrait des vers. Une tentative de suicide et une dépression permanente, des séjours réguliers à l'asile psychiatrique, sans faire broncher la belle. Il semble qu'il y a des peintres et un chanteur de charme sur la liste d'attente de la belle avocate qui fait chavirer les artistes. Mais le soir de la réception, complicité de partenaires ou affection sincère, j'ai senti de l'inquiétude dans son regard. Les autres ont conclu que je souffrais de surmenage, et, pour détendre l'atmosphère, ils se sont mis à raconter des blagues en utilisant le prénom Charlie comme dénominateur commun entre tous les protagonistes. Pour ajouter de la gaieté, un industriel ventru a voulu imiter Chaplin. Tout le monde a ri. J'ai ri avec tout le monde. La patronne m'a sauvé de mon devoir de rire en rappelant combien j'étais utile au cabinet, et le chef m'a pris à part pour me confier que cette fois, c'était sérieux, je méritais le statut d'associé et j'allais l'obtenir sous peu. Il est vrai que, depuis le départ de Francine, j'abats davantage de travail et j'ai plus de responsabilités au cabinet. Elisabeth a l'esprit ailleurs et travaille à la mise en place d'un bureau de consultation. Les artistes, c'est pour la gloire, mais elle ne couche pas avec eux. Cela fait déjà quelque temps qu'elle sort avec le même homme, un mulâtre qui a rapporté des Etats-Unis une licence en communication et qui parlerait plusieurs langues. Les noces ne sont pas loin. Peut-être pas un mariage, Elisabeth connaît trop bien les détails de la vie pour associer code civil et code du commerce, mais au moins une entente durable, un partenariat ultramoderne, deux corps en un soudés par le volume de profits et le principe de plaisir. Le temps pour eux de se mettre d'accord sur les termes de l'échange, la division du travail, la marge d'erreurs et le degré d'autonomie que chacun accordera à l'autre, et nous célébrerons la naissance d'une redoutable entreprise de réussite individuelle. Elisabeth m'a confié ses projets. Quelque chose nous lie. Elle ne m'a jamais posé de questions, et je ne lui ai jamais demandé comment le médecin s'était débarrassé du cadavre. Après le dérapage verbal, le soir où les mots de Charlie sont sortis de ma bouche, elle m'a conseillé de ne pas me laisser perturber par le sentimentalisme. Reprends-toi, Mathurin. Je l'ai remerciée de cette marque d'amitié, et j'ai consenti à servir de consultant occulte à son entreprise. Sentant venir la défection, le chef a recruté un jeune. Malheureusement il a fait choix d'un garçon qui tâtonne, se cherche, et gardera longtemps une âme de stagiaire n'osant pas prendre de décisions. Le chef m'a demandé de le secouer, de lui insuffler un peu de mon énergie au travail. J'ai plus envie de le prendre par le collet et de le pousser dans la rue. J'ai rencontré, malgré moi je l'avoue, de vrais jeunes, des enfants qui avaient plus de volonté que ce poltron qui passe son temps à appeler les autres à l'aide pour des choses aussi banales que la rédaction d'un contrat de bail ou d'un accord secret caché sous un prête-nom. Je perds patience, et pour aller plus vite je préfère encore accomplir sans rechigner les tâches que je lui ai fixées. Notre vieux consultant ne vient plus qu'un vendredi sur deux. Il s'assoupit et bave. Dans cet état quasi comateux, il n'inspire plus la moindre confiance. Sa légendaire sagesse et sa longue expérience auxquelles le chef faisait référence pour tranquilliser les clients hésitants ne font plus le poids face à l'avalanche de postillons et l'interruption soudaine d'une discussion sérieuse par la musique des ronflements. Il se rend souvent aux toilettes mais, sa vessie courant plus vite que ses jambes, les taches se multiplient sur son pantalon. Le chef envisage d'organiser pour lui une belle fête, lui offrir un chèque, un certificat et des fleurs pour ses bons et loyaux services. De quoi tenir un an, et surtout de quoi éviter qu'il ne meure un vendredi, au cabinet, dans son sommeil, en présence d'un client. Avec la préparation des dossiers et les séances au tribunal, mes journées sont bien remplies. Le soir, comme je l'ai toujours fait, je travaille sur mes dossiers du lendemain, puis je me mets sur le canapé, j'allume la télé et je regarde les nouvelles du monde. Je me sers un whisky, je prends ma guitare et je joue pour moi. On ne change pas sa nature lorsqu'on a atteint la trentaine. Le seul changement dans ma vie, à part les mots de Charlie qui, à l'improviste, peuvent sortir de moi et me jeter dans l'embarras, c'est qu'il m'arrive le soir d'écrire des lettres, et je reçois du courrier en retour. J'apprends ainsi que rien n'est immobile. Le temps déplace tout. Même les lieux.

Cher Dieutor,

*C'est le maire qui est venu me remettre ta lettre.
Le courrier n'arrive pas aux domiciles privés. Il
est venu me l'apporter lui-même. Tu n'as peut-être
pas oublié ces vilaines divisions à l'intérieur du
village entre la rue principale et les rues secon-
daires, ni celles entre les habitants du village et
ceux de l'autre bord du canal. Le maire actuel est
originaire de l'autre bord du canal, du côté des
anciennes plantations et des tambours, et doit son
triomphe aux votes des électeurs des sections com-
munales. Les natifs du village le considèrent un
peu comme un paysan et il profite de toutes les
occasions pour essayer de se faire accepter par les
anciens. Je suppose que je fais partie des anciens,
vu que je suis née dans notre petite ville que nous
sommes probablement les seules personnes au
monde à considérer comme une ville. Les vieilles
hiérarchies continuent d'exister, et les vieux se
plaignent de l'invasion des gros souliers. Pour les
lettres, il est rare qu'on en reçoive, les gens utilisent
des procédés plus modernes, plus rapides. Quand
il en vient une, c'est quelque chose d'exceptionnel.
Les rares personnes qui nous adressent du courrier
postal inscrivent l'adresse de l'hôtel communal ou
celle du centre de santé, et quelqu'un de la mairie
ou un responsable du centre fait office de facteur*

et achemine les lettres à leurs destinataires. Tu ne pouvais pas savoir. Oui, nous avons le téléphone, mais moi aussi je préfère le courrier postal, cela laisse à chacun le temps de réfléchir, et j'aime bien la période d'attente qu'on vit entre deux lettres. Il est vrai que c'est ta première lettre en quinze ans, mais je ne suis pas gourmande et, comme on dit, mieux vaut tard que jamais…

Pour la maison, je t'avais écrit que le vieux Gédéon te l'avait laissée. Sans doute n'as-tu jamais reçu cette lettre. Tu as dû changer souvent de domicile. Comme tu le sais, tes parents ne s'adressaient plus la parole depuis longtemps, pourtant ils sont morts à quelques mois de distance comme si leur querelle muette les avait maintenus en vie. Après le décès de ton père nous avons espéré qu'Anaëlle sortirait de la maison, reprendrait ses habitudes avec les vieilles dames du village : rien de tout cela ne fut. Elle est morte peu de temps après lui et nous l'avons enterrée à ses côtés. Je t'ai adressé une lettre pour t'en informer en précisant l'emplacement du caveau, sachant que tu pouvais reconstituer de mémoire tous les espaces du cimetière. Après cette lettre je t'ai encore écrit trois fois. Une première pour t'annoncer qu'un cyclone avait emporté le toit de la maison de tes parents. Nous avons eu beaucoup de pertes cette année-là, et nous avons abrité des sinistrés à l'école pendant plusieurs semaines. Je t'ai écrit une deuxième fois peu de temps avant la mort du vieux maire. Entre le vieux Gédéon et lui, c'était comme une histoire d'amour malgré leurs querelles politiques. Il avait pour mission de te contacter et de régler les papiers pour le transfert du titre de propriété. Il t'en voulait. Tu étais parti et ne donnais pas de nouvelles. La maison de tes parents s'effondrait petit à petit. Chaque année les pluies et les vents l'amputaient d'une partie de son toit, d'un mur ou d'une porte. Le vieux maire n'était pas très efficace, mais cela le peinait de regarder mourir une vieille maison. Il n'avait pas de raison de croire que celle du vieux t'attirerait plus que celle dans laquelle tu étais né. Et il pestait contre tous les partants, surtout les jeunes, qui abandonnaient le village pour aller s'inventer des vies ailleurs. Mais quand il a su qu'il allait mourir, craignant que le vieux ne pique une colère – ce sont ses mots – qui gâcherait les parties de cartes qu'ils allaient jouer dans l'éternité, il m'a demandé de chercher à te joindre pour te faire signer les papiers. Je t'ai écrit par la suite une troisième lettre pour t'annoncer mon mariage. Je suis mariée. Mon mari n'est pas du village. Il enseigne dans un collège privé du chef-lieu du département. Nous n'avons pas encore de collège ici. Nous avons juste l'école primaire, mais lui et moi avons bon espoir de créer une école secondaire. J'ai suivi une formation en ce sens. Figure-toi que je suis même venue deux fois à Port-au-Prince, mais je ne suis peut-être pas faite pour la vie des grandes villes. Trop de voitures, de personnes. Et tout ce bruit. Je n'ai pas cherché à entrer en contact avec toi, ne souhaitant pas t'imposer la surprise d'une visite non annoncée. En plus je ne savais pas comment te joindre et ne suis restée que trois jours à chaque voyage. Mon mari, lui, est de Port-au-Prince, il se moque de moi et m'appelle sa petite provinciale. Nous aimons plaisanter sur nos origines respectives. Je lui réponds que, si son Port-au-Prince offrait tant d'opportunités, il ne prendrait pas goût à notre vie de villageois. Je ne le comprends pas toujours. Il aurait pu trouver un poste ailleurs. Comme il travaille loin, dans notre petite capitale à nous, nous ne nous voyons qu'en fin de semaine. Cela me suffit. Je ne suis pas sûre que ce soit une bonne chose d'être tout le temps ensemble, et il a l'air heureux de me revenir. A moins qu'il ne cache bien son jeu. (Excuse-moi. Je n'aurais pas dû écrire cette phrase. Je ne voudrais pas te rappeler de mauvais souvenirs.) Je suis tellement heureuse et étonnée d'avoir de tes nouvelles, la joie me rend diserte et je délire un peu. Pourtant, des nouvelles, tu ne m'en donnes pas vraiment. Tu ne dis rien de ta vie privée. Mon mari et moi n'avons pas d'enfants. Je crois que c'est moi qui ne peux en avoir. Cela ne nous manque pas trop. Nous nous consolons en considérant nos élèves comme nos enfants. Parle-moi un peu plus de toi. As-tu des enfants ? une épouse ? Quel citadin es-tu devenu ? Tu n'étais pas du genre à te fixer, et tu dois rencontrer tellement de jolies femmes avec ton statut et ta profession. Je suis un peu jalouse. On dit qu'à Port-au-Prince la mode est à l'apprentissage des danses latines. Ici, ce n'est pas encore le cas, mais cela viendra, c'est sûr. Je te laisse. Je dois m'occuper des préparatifs de la fête patronale. En tant que titulaire j'ai la charge des petits. Ils sont inscrits à la partie artistique du programme pour le chant et la danse. Ils en sont fiers, les parents aussi, mais c'est toute une affaire pour leur apprendre le texte et réussir à les faire chanter à l'unisson. Dis-moi, joues-tu toujours de la guitare ? Parfois, en passant devant la maison du vieux Gédéon, j'entends ta musique. Il t'aimait et te trouvait beaucoup de talent... Cette fois, il faut vraiment que je te laisse. J'ai toujours aimé parler et toi tu aimais le silence...

Ça y est. Le chef m'a proposé le statut d'associé. Nous avons organisé un bel adieu à notre consultant dans un restaurant de Pétionville. Entre nous, en présence de Francine, du fiancé d'Elisabeth, du nouveau et de la fille de l'invité d'honneur. Hier, de la famille, toujours de la famille. Voilà pour Francine. Et bienvenue dans notre petite famille, pour le fiancé d'Elisabeth et le nouveau. A chacun un petit mot pour mettre tout le monde en confiance et créer une ambiance amicale. Le chef, il prend soin de mettre les gens à leur aise, même dans les pires circonstances. Longue soirée. Le dîner. Le discours du chef. Et l'enveloppe contenant le chèque que la fille du vieux maître a prise des mains tremblantes de son père et glissée dans son sac à main. Les remerciements du vieux interrompus par une énième visite aux toilettes. Sa fille, une dame de cinquante ans, déjà grosse et vieille, trop maquillée et mal à l'aise dans ce lieu où, visiblement, elle venait pour la première fois, toute en excuses et en précautions, le soutenant à chaque voyage, se retournant pour s'excuser encore. Le retour à la table, la tache sur le pantalon que la femme, gênée, essayait en vain de cacher en marchant devant, en biais, tirant le vieux par le bras. Le nouveau tient mal l'alcool. Il s'est trahi. Il n'est pas du tout le timide que le chef m'a prié de secouer.

C'est un requin, d'une espèce un peu différente de la nôtre, utilisant d'autres tactiques et ayant d'autres habitudes. A l'heure du dessert, piégé par la fausse bienveillance du chef, il s'est laissé aller à avouer que le droit et le cabinet n'étaient que des tremplins pour se faire un nom et se lancer dans la politique. Il espère un jour être élu sénateur. Le vieux s'est assoupi au milieu du discours du chef, après avoir bavé dans son assiette. Les ambitions du nouveau l'ont tiré de son sommeil et, sans cesser de postillonner, au nom de sa longue expérience, il a fait office de prophète et annoncé que ce pays ne progresserait jamais, n'importe qui ayant toujours voulu occuper et ayant occupé, de fait, n'importe quelle fonction. Sa fille tentait en vain de le calmer : S'il vous plaît, père, on nous observe. Le vieux était lancé, et pour ses adieux officiels au prétoire il n'allait pas manquer sa dernière plaidoirie. Tous des crétins, de père en fils, des farceurs, des parvenus et des faussaires. Et la fille, de plus en plus grosse et semblant étouffer dans sa robe trop étroite : S'il vous plaît, père. Le chef, avec une pointe d'agacement dans la voix et les yeux, appelant le serveur pour demander l'addition. Mais le vieux avait des choses à dire sur hier et aujourd'hui, ses collègues, ses employeurs, les nouvelles générations, même sur sa fille qui mange trop et ne lui a pas donné la joie d'avoir des petits-enfants. Le fiancé-futur associé d'Elisabeth s'ennuyait, peu concerné par la diatribe. Il a beau parler plusieurs langues, il n'apprécie pas les phrases complètes et les longues tirades et bâillait déjà avant l'éclat du retraité, limitant sa participation à la conversation à des *yes* et des *no*. Francine voulait nous convaincre tous de l'importance de l'aide alimentaire et de la qualité des services fournis par l'ONG qu'elle dirige. Mais personne ne voulait la suivre sur ce

159

terrain. Sauf le nouveau qui, le whisky aidant, reconnaissait que les ONG, pour entrer en politique, ce n'était pas mal non plus. Mais le serveur a apporté l'addition, et le chef a mis un terme à la soirée en lançant une boutade sur le repos bien mérité qui attendait les uns et les autres. A notre sortie du restaurant, une paire de jeunes mendiants nous guettait. L'un prétendait avoir lavé la voiture du chef et réclamait de l'argent pour son initiative. L'autre tendait simplement la main. Sans se soucier des mendiants, Elisabeth et son fiancé sont partis ensemble vers une soirée de danses latines dans un hôtel de luxe. Le chef se tâtait les poches pour s'assurer que les mendiants ne lui avaient rien pris. Avant de partir, il m'a dit : "C'est bon. J'ai discuté avec la patronne. On a confiance en vous." J'ai suivi du regard sa voiture. Neuve. Rapide. Puis j'ai aidé sa fille à installer l'ex-consultant dans une voiture dont le modèle n'est plus fabriqué depuis une décennie. L'intérieur sentait le moisi, les housses étaient sales et la manette pour faire coulisser le siège de droite cassée. La femme a eu toutes les peines du monde à faire démarrer la voiture. Le nouveau et moi, nous avons poussé et le véhicule a descendu la pente. Puis le nouveau a voulu m'inviter à boire dans un vrai bar et discuter de politique. J'ai refusé. Je n'étais pas pressé de rentrer. J'ai marché jusqu'à la place et je me suis assis sur un banc. Les jeunes m'avaient suivi, et ils m'ont encore demandé si je n'avais rien à leur donner. Mon silence ne les a pas impressionnés. Ils ne devaient pas avoir plus de quinze ans, et ils étaient loquaces. Si moi je n'avais rien à leur proposer, eux pouvaient me trouver des femmes, de la drogue, un jeune garçon si je jouais à ce jeu-là. Je n'avais qu'à demander, et dans un quart d'heure au maximum ils me livraient la marchandise. Je n'avais besoin de rien, merci. Je pensai à un jeune couple que je n'avais vu qu'une fois. L'idée me vint de poser une question aux jeunes champions de l'entremise. Mais ils n'en connaissaient sûrement pas la réponse. Je leur ai laissé un billet de cent gourdes. Je suis rentré chez moi. J'ai réfléchi à la proposition du chef. Rien à perdre, tout à gagner, il n'y a pas vraiment matière à réflexion. J'ai quand même réfléchi. Puis, contrairement à mes habitudes, je n'ai pas regardé les nouvelles internationales. J'ai consulté mon courrier, relu plusieurs fois une lettre en particulier. Jusque tard dans la nuit j'ai cherché sur ma vieille guitare des airs que j'avais oubliés. Tout s'est mêlé en moi, tout s'est noué. Une plage, un cimetière. Un yanvalou, pour mémoire.

Cher Dieutor,

Je m'étonne de l'amertume que je perçois dans tes phrases. Les choses sont telles qu'elles sont, et chacun se démène avec les armes qu'il possède pour arriver jusqu'à lui-même. Te souviens-tu de ce jeu auquel nous jouions, qui consistait à inventer des vies aux morts enterrés dans notre cimetière ? Après leur avoir choisi des lieux de naissance, tu les faisais voyager loin. Moi, je préférais les imaginer enfants, sur des bancs propres, les petites filles avec des rubans, dans des écoles avec une vraie cour et des terrains de sport. La vie nous force aussi à ce vieux jeu de rôles. Nous sommes tout ensemble les enfants qui jouent dans le cimetière et les inconnus auxquels ils inventent des vies, des moments de tristesse et de joie, des amitiés et des amours. La seule chose que nous parvenons vraiment à déplacer, c'est le terrain de jeu ou le cimetière. Je le dis sans aucun sentiment d'abattement. Je continue de jouer, à ma façon, modestement. A quinze ans, j'ai longtemps pleuré le départ et l'absence d'un garçon qui avait besoin de changer de terrain de jeu. Je ne lui en veux pas. Et puis, sans disparaître de mes rêves, il est devenu une ombre lointaine. J'ai cessé de vivre son absence présence comme un manque à combler. Je le fréquente encore puisque ma mémoire est une chose bien réelle.

Et j'écris à deux personnes en même temps, le garçon qu'il était et l'homme qu'il est devenu. Le garçon voulait devenir un autre homme, l'homme voudrait-il aujourd'hui redevenir le garçon ? C'est une folie de croire que le présent posséderait le pouvoir de recommencer le passé. Ici, sans bouger, j'ai vu le présent chasser le passé. Déjà le cimetière. Les arbres qui le bordaient sont morts. Les pluies ont souventes fois chassé les morts de leurs tombes. Nul ne peut plus dire avec certitude qui repose en tel lieu. Le village a changé. Nous vivions des produits des paysans avec lesquels travaillait ton père. On est toujours le citadin ou le paysan de quelqu'un. Ces paysans n'existent plus. Les spéculateurs ne viennent plus leur acheter leurs récoltes à bas prix pour les revendre aux exportateurs. La terre ne remplit plus son devoir de donner des vivres et des fruits. La terre n'a plus les moyens d'être la servante de l'homme, sa mère nourricière. Il y a maintenant une fabrique de glace. Quelques paysans convertis en ouvriers y travaillent. Il y a des sodas frais que l'on vend dans des glacières, mais il n'y a toujours pas d'eau courante. Il y a l'eau des pluies quand il pleut et des maisons abandonnées. Ne t'en fais pas, il n'y a pas que les tiennes à perdre des briques chaque jour, à souffrir en silence de l'absence des humains. Il y a plus de poussière qu'autrefois. Souviens-toi, nous jouions parfois avec la poussière. Aujourd'hui, elle est plus forte que nous et dirige le jeu. Tous les jours je la regarde envahir les cheveux et les yeux des enfants. La route est longue pour un grand nombre d'entre eux et ils arrivent tout gris. La vie leur a donné la couleur des murs. Ceux qui restent sont gris, ceux qui s'en vont nous reviennent parfois, noircis par le soleil. Le soleil, disent-ils, est encore plus brûlant en haute mer que sur la terre aride. Les départs et les retours forcés des parents créent des querelles entre les enfants sans qu'on puisse comprendre qui est jaloux de qui. Tous les jours j'entends qu'il se construit des embarcations, qu'il s'organise des voyages. Tous les jours il y a des enfants qui manquent à l'appel. Notre maire n'est pas aussi ventru que celui que tu as connu, et il ne joue ni aux cartes ni aux dominos. Il est plus souvent à Port-au-Prince qu'ici, mais il n'a même pas rapporté de ses voyages la peinture et les clous pour réparer le toit de l'école et repeindre la façade. La mauvaise vie a gagné, et chacun joue au quotidien au vieux jeu des enfants que nous étions quand nous inventions des vies aux habitants du cimetière. Tu es parti, je suis restée. J'espère que tu as trouvé un terrain de jeu propice aux personnages qui te conviennent. Ton village est plus grand que le mien. Moi je joue à enseigner les lettres et les chiffres à des enfants que la poussière a peints en gris et à faire avec la complicité et l'affection de cet homme qui est venu à moi. Il n'y a pas de mérite. Ni pour toi. Ni pour moi. Ni pour personne. Tu sais, les choses que tu as laissées ne sont plus, ce n'est pas la distance qui les a tuées, c'est le temps. Je ne sais quelles choses tu as trouvées, mais permets-moi de douter qu'elles te viennent d'un lieu. La terre, c'est comme la danse. Il n'y a qu'une terre, et partout l'on danse. Seuls les pas changent, et le rythme. Je dois cependant l'avouer, ici les danses ne sont plus ce qu'elles étaient. Les tambours toussent et les batteurs se fatiguent vite. Pour la fête patronale, il est prévu, en plus des chants, que les petits présentent des morceaux de danses folkloriques. C'est difficile. Moi-même je ne sais plus très bien. C'est loin le yanvalou et le Congo de mon enfance. Sur ce que je te dis de la terre, nous en discutons le soir, Jacques et moi, pour combattre la déprime qui nous *menace quand, faisant et refaisant nos comptes et considérant l'inexistence de tout système de crédit, nous réalisons que nous n'aurons peut-être jamais les moyens de créer ce collège dont nous rêvons. Il n'y a qu'une seule terre, et il faut la saluer. Sais-tu ce que signifie le mot "yanvalou" ? Je te salue, ô terre. La terre n'a pas de mémoire. Le sol sec et pierreux ne garde pas souvenir de la bonne terre arable qui descend vers la mer. Seuls les hommes se souviennent. Où qu'ils aillent, où qu'ils restent, peut-être leur suffit-il de saluer la terre pour que leur passage soit justifié. Où que tu sois, je danserai avec mes élèves la danse de la couleuvre pour saluer la terre en ton nom. Toi, salue en mon nom la terre de la grand-ville, c'est la même. Je t'aime, mon Dieutor, d'un vieil amour d'enfant, et j'habite sans regret ce vivre en jeu de rôles qu'on appelle le présent. Tu sais, j'ai quelques cheveux blancs. Mon mari m'appelle en riant sa vieille provinciale. J'aurai une pensée spéciale pour toi le jour de la fête patronale. Tu n'as jamais aimé cette cérémonie et préférais te cacher derrière les arbres qui bordaient le cimetière. Les arbres sont morts, mais qui peut enlever aux enfants le pouvoir de rêver…*

J'ai accepté la proposition du chef. Elisabeth restera avec nous deux jours par semaine après la création de son propre cabinet de consultation. Ses activités ne seront pas incompatibles avec les nôtres, et le chef et elle ont abouti à ce compromis qui arrange tout le monde en attendant que nous puissions trouver des remplaçants compétents et que le cabinet de consultation tourne assez bien pour assurer au couple un revenu correspondant à ses ambitions. J'ai la charge de trouver les remplaçants. Deux femmes et un homme. On augmente le nombre d'avocats en faisant bonne place aux femmes. Le chef et moi, on a discuté : il faut que les femmes soient jolies et il faut qu'elles soient combatives. Elles sont en général plus compétentes que les hommes, mais elles manquent parfois d'énergie. L'homme dont nous avons besoin devra être au contraire effacé et sans ambitions, mais doué pour la recherche et heureux de consulter les codes et de travailler à la rédaction des documents. Un homme assis et des femmes debout. Le chef et moi pour coordonner. Je m'occuperai personnellement des grands dossiers. Il ne le sait pas encore, mais nous allons virer le nouveau. J'ai enquêté et je l'ai observé. Nous avons conclu, le chef et moi, qu'il n'a pas le profil qui convient pour ses fonctions chez nous, et surtout que ses ambitions politiques déclarées et sa quête de visibilité peuvent le conduire à des coups d'éclat au détriment des principes du droit et des intérêts du cabinet. Ce ne sont pas les principes du droit qui nous intéressent. La relation de tout cabinet d'affaires avec les principes du droit est de les violer toutes les fois que faire se peut. Ce qui nous inquiète, c'est un éventuel scandale. Pour les avocats impliqués dans la politique, l'escroquerie des clients n'est pas la moindre des façons de réunir les fonds nécessaires à leur entrée en campagne. Le nouveau tient mal son verre, et les résultats de mon enquête ont prouvé qu'il a déjà été impliqué dans des querelles d'ivrognes. Il ne vivra pas longtemps dans notre monde. Pas à la surface. Il régnera dans les sous-sols. Je le vois, d'ici à peine quelques années, traîner sa hargne dans des bars immondes en racontant qu'il a été piégé, qu'on a refusé de reconnaître ses talents de juriste et choisi de briser sa carrière politique à cause de ses origines. Oui, d'ici quelques années, je le vois bien pleurer sur le destin des fils du peuple. N'empêche qu'il emprunte largement dans la petite caisse et s'occupe, en dehors du cabinet, d'affaires encore plus sordides que celles qui font notre quotidien, dans lesquelles de petits propriétaires et toutes sortes de petites gens se font arnaquer par des hommes politiques et des hauts fonctionnaires avec la complicité de juges véreux et d'avocats marrons. Le nouveau ne fera qu'un avocat marron. Une fortune sans terrain de représentativité. Pas pour nous. Nous avons déjà des hommes à tout faire auxquels nous passons secrètement des commandes lorsqu'il faut monnayer un jugement ou falsifier un document. Un accord verbal, un versement en cash et ni vu ni connu. Point n'est besoin d'en accueillir un chez nous. Mon premier acte d'autorité, avec l'aval du chef, je l'exercerai donc sur un partant. Puis je verrai avec les profs de faculté, les responsables de stages et mes connaissances au conseil de l'ordre pour faire un premier tri de vingt candidats. Dans un mois, j'aurai parlé aux vingt et arrêté mon choix. Un mois et une semaine. Avant d'entrer dans mon nouveau rôle j'ai demandé une semaine de vacances au chef. J'en ai besoin pour retrouver le sommeil et la tranquillité. Je ne sais pas ce qui a été fait du cadavre de Charlie. Elisabeth l'ignore elle aussi. Service rendu par un ami. Pas besoin de vous dire, chère amie. En retour, deux ou trois nuits d'amour et elle s'est occupée gratuitement du divorce du médecin qui s'en est bien sorti : la cession d'une résidence secondaire et une petite pension alimentaire à son ex-épouse, pas suffisante pour payer la cure d'amaigrissement sur laquelle elle comptait pour s'offrir une nouvelle jeunesse, et assez minime pour que les revenus des maîtresses du bel interniste aux tempes grisonnantes demeurent à peu près les mêmes. Bon, bientôt, je serai presque aussi chef que le chef. C'est à cela que je dois d'abord penser. Pour les choses qui troublent mon esprit, il me faudra trouver une solution. En plus de la lucidité, du sang-froid et d'une connaissance quasi parfaite des systèmes de reproduction, pour progresser on a besoin d'une grande paix intérieure. C'est cela qui me manque aujourd'hui. A cause de toi, Charlie.

Cher Dieutor,

La fête patronale approche, et j'avoue que je suis quelque peu excitée. Les petits ont beaucoup travaillé. Ils m'ont replongée dans mon enfance, dans notre enfance. Et ces échanges épistolaires avec toi m'enrichissent d'une certaine façon et te redonnent une présence dans ma vie. Mon mari ne se montre pas jaloux. Il me taquine en disant qu'il attendra que je termine ma lettre à "mon Dieutor" avant que nous puissions discuter de nos projets. C'est la seule ombre, aucun financement à l'horizon. Pour la fête, de l'autre côté du cimetière, vers la plaine, il se prépare une danse. J'irai avec mon mari. C'est un vrai citadin, un Port-au-Princien qui ne connaît des danses populaires que ce que les troupes de danse ont pu présenter dans leurs spectacles. Il admet que Port-au-Prince est une ville sans tradition ni vérité propres, une ville de masques dans laquelle tous se font passer pour ce qu'ils ne sont pas et deviennent des bêtes qui dévorent tout sur leur passage. Comprendra-t-on jamais pourquoi les gens vont et viennent et s'arrêtent dans un endroit plutôt qu'un autre ? Comprendra-t-on aussi pourquoi d'autres, comme moi, ne bougent pas ? Sais-tu cependant que, depuis que nous échangeons des lettres, j'ai le sentiment de voyager, de visiter un ailleurs ? Peut-être, au fond, les vrais voyages ne sont-ils que de petites visites de personne à personne. Je penserai à toi le jour de la fête. Le soir surtout. Au cœur de la danse.

Je dors mal. Des morts sans domicile envahissent mes nuits. Je joue tard et je sens leur présence. Charlie est le troisième qui vient marquer ma vie sans que je puisse fixer sa dépouille dans un lieu définitif, l'enterrer une fois pour toutes, l'emmurer dans un caveau afin de l'empêcher de bouger sans cesse devant mes yeux. Il a ressuscité les deux autres que j'avais mis beaucoup de temps à chasser. L'homme du cyclone n'est pas revenu de la mer. Mais il m'arrive de plus en plus souvent de le voir aller vers le vent, sa guitare sur l'épaule. Il me traquait dans mon enfance, et je croyais que la mort allait venir me saisir. Peut-être aurais-je pu devenir un grand musicien, si l'homme du cyclone avait eu une tombe. Je n'ai jamais vu le cimetière dans lequel sa mère a enterré Ismaël. Mais, après sa mort, je n'ai jamais pu regarder mon père, ni ma mère, de la même façon. Et longtemps, jusqu'à mon départ pour Port-au-Prince, avec les traits de mon père et d'une femme que je n'ai vue qu'une seule fois, j'ai dessiné dans ma tête le visage d'un petit garçon auquel j'aurais pu enseigner la guitare, avec lequel j'aurais pu courir sur la plage, nager jusqu'à loin, vers les barques des pêcheurs. Nous aurions gagné des concours ensemble. Dans le village, on ne connaissait pas les courses de relais, nous aurions inventé un relais à deux et gagné ensemble. Le vieux Gédéon aurait acheté douze cordes plutôt que six. Longtemps j'ai fait ce rêve, jusqu'au jour où, dans le camion vers Port-au-Prince, j'ai cessé de m'appeler Dieutor. Quand j'ai cessé de m'appeler Dieutor, Ismaël a commencé à mourir pour de vrai, à sortir de ma vie. MERDE, CHARLIE, tu es venu réveiller tout ça. Cet Ismaël que je n'ai pas connu, je lui donne un visage qui ressemble au tien. Ton corps a peut-être été jeté dans la rue et passé au nombre des victimes anonymes de l'insécurité. Mais tu restes présent. Parfois je m'installe sur une chaise et te laisse le canapé, comme quand tu étais vivant. TU M'ÉNERVES, CHARLIE. Un mort sans lieu de repos n'est pas tout à fait mort et ne laisse pas les vivants tranquilles. VA TE FAIRE FOUTRE, CHARLIE ! Je n'ai plus de contrôle sur les mots de ta bouche qui sortent de la mienne. Le chef s'en est rendu compte, c'est l'unique zone d'inquiétude que lui inspire son nouvel associé. J'ai offert au centre d'accueil du père Edmond mes vieux vêtements et la chemise et le pantalon que je t'avais achetés. J'ai rencontré ton père Edmond. Je ne lui ai pas dit qui j'étais, mais je suis sûr qu'il l'a deviné. Tu avais raison, Charlie. Ton père Edmond, c'est un fils de l'arrière-pays, et derrière ses remerciements il y avait la méfiance des vieux paysans quand ils voyaient arriver mon père avec son casque et sa mallette. Ils savaient qu'il venait leur voler leur récolte. Ton père Edmond, il a compris que je voulais voir, que je venais visiter ton chez-toi. Ses yeux disaient : On fait ce qu'on peut. Il a appelé un groupe de garçons et ils m'ont dit : Merci, monsieur. La tête baissée. Tu avais raison, Charlie. Ils n'osaient pas lever la tête, sauf un qui aurait pu faire partie de votre bande. Peut-être a-t-il créé sa bande à lui. Ton père Edmond m'observait. J'avais des questions pour lui, il en avait pour moi. Mais nous n'avons pas osé. J'ai dit : C'est bien, ce que vous faites, mon père, et je suis parti. En réalité je ne sais pas si c'est bien. Où est le bien ? J'ai vu la tristesse dans les yeux des majors. Tu vois, j'ai tout retenu de ce que tu m'as raconté. En allant faire ce don au Centre je croyais accomplir une bonne action et mériter la tranquillité. Je revois tous les jours, tous les soirs, les têtes d'une cinquantaine de Gino, Filidor et Nathanaël. Et je te regarde mourir. Tous les soirs, toi et moi nous traversons ce quartier pourri, ni ville ni campagne. Tous les soirs nous marchons dans la merde. Je regarde fuir les commères. Je vois ces gosses de riches voulant jouer à Zorro et cette femme au visage balafré. Je vois ton ami Nathanaël. Il est d'une autre race, ton ami Nathanaël. Toi, c'est la mort qui t'a empêché de gagner. Tu avais misé simple. Lui, avait misé trop gros, pour trop de monde et de choses en même temps. Il avait misé pour nous tous. Sur nous tous. Quand on veut gagner pour les autres, on perd. Il avait déjà perdu. De son vivant. Il doit continuer de perdre quelque part. Peut-être a-t-il appris à oublier, à haïr, à s'en foutre. Peut-être a-t-il cessé de jouer ou appris à ne jouer que pour lui seul. Il cherchait la bonté, ton ami Nathanaël. Le bien. Nous ne sommes pas de cette race-là, toi et moi. L'idéal est une chose très compliquée, et vous lui aviez laissé la tâche de l'assumer. C'est sans doute pour cela que tu l'aimais plus que les autres. Je vois l'amitié dans vos yeux. Et puis j'entends les coups de feu et je te regarde tomber. Je vois le sang sur ta chemise neuve. Je sens la chaleur de ton sang sur mon épaule. Je sens ta tête sur mon épaule dans le taxi. Et, quand je te pose sur le lit d'Elisabeth, je sais que tu es mort, mais je ne veux pas que tu meures. MERDE, CHARLIE, j'avais pris goût à ta présence. Tu me manques. Tu le sais, et c'est pour cela que tu viens parler dans ma bouche. Je te cherche. A travers tes amis. J'ai fait une bêtise. Pour essayer à la fois de t'échapper et de te retrouver. Je suis allé dans la cité. Je voulais retrouver la maison avec l'étoile de craie, me baigner dans l'odeur, le miasme, retrouver ton ami Nathanaël, l'aborder, qu'il me parle de toi, qu'il se mette à parler comme toi. Je me suis égaré. Toutes les maisons se ressemblent. Tous les corridors se ressemblent. Toutes les ruelles se ressemblent. C'est une misère sans étages, la cité de Nathanaël. Je me suis égaré, et je suis tombé sur des jeunes. Des jeunes comme vous. J'ai voulu m'approcher d'eux, leur demander s'ils connaissaient Nathanaël et la femme balafrée. Ils ne m'ont pas répondu. Ils m'ont pris ma montre et mon portefeuille. Je m'en fous de la montre et du portefeuille. Demain je serai le petit chef à côté du grand chef, l'associé du chef, donc un presque chef. Et les montres et les portefeuilles, ce n'est pas ce dont je manquerai le plus. Ils m'ont pris ma montre et mon portefeuille, je voulais quand même leur demander comment arriver à Nathanaël et à la femme balafrée. Dans la cité, on ne pose pas de questions, et j'ai reçu un poing sur la gueule en guise de réponse. Qu'importe. Un peu de sang au coin des lèvres. Mais tout le sang que j'ai vu couler de ton corps, c'est ce sang que je voudrais voir sécher, disparaître. JE VAIS T'ENTERRER, CHARLIE, ET REVENIR A MA VIE. Je ne connais qu'un cimetière, celui qui nous servait de terrain de jeu à Anne et à moi. Nous sortions les morts de leurs tombes en les appelant par leur nom, et à chaque nom nous inventions une histoire. Tu n'as pas de corps mais je possède quelque chose de toi. Un sac dans lequel il y a beaucoup d'argent. Pas une vraie fortune. Un peu d'argent. Juste de quoi permettre à Anne et son mari de débuter les travaux de construction de ce collège dont ils rêvent. Qu'ils l'élèvent sur la terre du vieux Gédéon. Ce voyage, je le fais pour le vieux. Pour la guitare qu'il m'a donnée. Pour sa capacité à dire merde. Pour la gratuité. Ce voyage, je le fais pour toi. Pour saluer la terre en ton nom. Il n'y a qu'une seule terre, mais tellement de distance entre le béton et la terre battue, entre la boue de la cité et les parterres de la patronne. Moi qui ne suis maintenant de nulle part, j'ai voyagé sur toutes ces terres. Sur ces morceaux de terre qui ne font pas une seule terre. J'aurai rampé partout. La danse de la couleuvre me convient parfaitement. Ce voyage je le fais pour Anne. C'est la seule femme que j'ai aimée. Je l'ai aimée quand elle était une petite fille et moi un petit garçon. Je l'ai aimée quand elle m'a consolé de la mort d'un petit frère dont l'existence m'a été révélée après sa mort. Le vieux Gédéon nous cachait chez lui. Les parents d'Anne ne m'appréciaient pas à cause de mon père dont tous au village, sauf Anaëlle et moi, connaissaient les mensonges. Sa mère la mettait en garde et lui ressassait les adages : Jamais une calebasse ne sortira du giraumon ; les enfants du tigre sont des tigres ; le mensonge est un héritage. Anne et moi nous en riions. Moi je riais faux. J'ai toujours ri d'un faux rire. Avec Anne. Dans les réceptions que donne le chef. Il faut que j'arrête de dire le chef. Dans les réceptions que donne mon associé. J'ai réussi, Charlie. C'est un homme qui a réussi qui va entreprendre un voyage d'adieu et de reconnaissance. Je le fais pour Anne. Anne m'a offert ses seins. Non, je mens. Je les ai pris et elle m'a laissé faire en disant : *Dieutor, mon Dieutor.* Je ne lui ai rien donné. Je suis parti. L'argent du sac, c'est pour elle. Pour la petite fille qu'elle était. Je resterai trois jours, je m'occuperai des papiers de la maison du vieux

Gédéon que je laisserai aussi à Anne, j'assisterai à la fête communale, je remettrai l'argent à Anne et à son mari. Et nous irons dans la vraie campagne, pas loin du village, participer à la danse. Avec Anne et son mari, nous descendrons la pente du village, nous passerons devant les arbres morts qui bordent le cimetière, puis nous prendrons le passage caché derrière l'allée de la tombe de mes parents, et nous arriverons devant le canal, nous traverserons le canal en utilisant pour repères les trois manguiers debout en triangle, à partir des manguiers nous suivrons une ligne droite, et là nous serons tout près des tambours. Et quand nous verrons les lumières de la danse, quand nous verrons les mains des batteurs et le grand corps de la foule qui ondule, se baisse, se relève, le grand corps fluide de la foule dansant, quand nous entendrons la voix de la foule chanter : Faites l'amour ô Ayizan, faites l'amour, quand nous entendrons le chœur crier : Je te salue ô terre, j'irai vers le premier tambour et je lui dirai : S'il vous plaît, monsieur, un yanvalou pour Charlie. Et il me demandera que fait un homme de la ville ici, un homme qui monte, l'associé d'un grand chef. Et je lui dirai que Nathanaël avait raison sur un point : il faudrait une étoile pour chacun. Charlie a raté son étoile. Nathanaël aussi et les autres. Et il me demandera quelle était cette étoile. Et je lui dirai : La terre dont la surface est si mal partagée. Moi qui ne suis de nulle part, je connais toutes les surfaces de la terre. La terre est une étoile que les hommes ont cassée en portions inégales. L'étoile de Mathurin n'est pas celle de Dieutor. Et le premier tambour me demandera : Qui est Mathurin ? Et je dirai : C'est moi. Et le premier tambour me demandera encore : Qui est Dieutor ? Et je dirai : C'est moi. Et le premier tambour me demandera enfin : Qui est Charlie ? Et je ne sais

lequel de nous deux, Mathurin ou Dieutor, gardera
le silence, ni lequel de nous deux, Dieutor ou Mathurin, saura parler de toi au rythme des tambours.

TABLE

BABEL

Extrait du catalogue

COÉDITION ACTES SUD – LEMÉAC

BABEL, UNE COLLECTION DE LIVRES DE POCHE

YANVALOU POUR CHARLIE

Jeune avocat d'affaires dévoré d'ambition, Mathurin D. Saint-Fort a voulu oublier ses origines pour se tenir du meilleur côté possible de l'existence. Jusqu'au jour où fait irruption dans sa vie Charlie, un adolescent en cavale après une tentative de braquage, qui vient demander son aide au nom du passé. Débusqué, contraint de renouer avec le dehors, avec la douleur du souvenir et la misère d'autrui, l'élégant Mathurin D. Saint-Fort embarque, malgré lui, pour une aventure solidaire qui lui fait re-traverser les cercles de la pauvreté, de la délinquance, de la révolte – voire de la haine envers tout ce que lui-même incarne.

Mathurin, Charlie, Nathanaël, Anne : quatre voix se relaient pour dire le tribut que chacun doit un jour payer à ses origines, qu'il s'agisse de tirer un trait sur elles, de les assujettir à une idéologie – ou, plus rarement, et quoi qu'il en coûte, de demeurer fidèle au "yanvalou", ce salut à la terre ancestrale, afin de retrouver les liens qui fondent une communauté.

Voyage initiatique au cœur de la désespérance, roman de l'abandon des hommes par les hommes, *Yanvalou pour Charlie* s'élève comme un chant qui réaffirme les vertus de rédemption d'un "être-ensemble" – en Haïti comme ailleurs.

Romancier et poète, intellectuel engagé, acteur passionné de la scène francophone mondiale, Lyonel Trouillot est né en 1956 dans la capitale haïtienne, Port-au-Prince, où il vit toujours aujourd'hui. Son œuvre est publiée chez Actes Sud.

Photographie de couverture : © Jose Azel

DIFFUSION :
Québec : LEMÉAC ISBN 978-2-7609-0734-8
Suisse : SERVIDIS
France et autres pays : ACTES SUD
Dép. lég. : août 2011 (France)
7,50 € TTC France / www.actes-sud.fr

ISBN 978-2-7427-9949-7